你配得上这世界所有的美好

宁桓宇 著

Wonderful World

中国友谊出版公司

图书在版编目（CIP）数据

你配得上这世界所有的美好 / 宁桓宇著. — 北京：中国友谊出版公司，2017.3

ISBN 978-7-5057-3969-7

Ⅰ. ①你… Ⅱ. ①宁… Ⅲ. ①散文集－中国－当代 Ⅳ. ①I267

中国版本图书馆 CIP 数据核字（2017）第 014083 号

书名 你配得上这世界所有的美好
作者 宁桓宇 著
出版 中国友谊出版公司
发行 中国友谊出版公司
经销 新华书店
印刷 北京盛通印刷股份有限公司
规格 880×1230 毫米 32 开
8.75 印张 200 千字
版次 2017 年 5 月第 1 版
印次 2017 年 5 月第 1 次
书号 ISBN 978-7-5057-3969-7
定价 39.80 元
地址 北京市朝阳区西坝河南里 17 号楼
邮编 100028
电话 （010）64668676

自　序

我以前很爱哭，是个“爱哭鬼”，朋友都知道。现在，我很少哭了，不是假装坚强，而是真的变得坚硬了，生活让我手中有了盾，在风暴来袭的时候，有了一丝的抵御能力。

我以前常迷茫，还总后悔，奢望有一个像哆啦 A 梦那样的时光机，能够回到过去，重新来过。现在，我更多的是向前看，发生的就都是过去的事情了，虽然成长是一个充满遗憾的过程，但是，我已经不想为了过去的遗憾，而让今后也不能圆满。

有些事情，悄然发生，有些情感，莫名失去，我们都看得到，但是却无力改变。生活就是这样，不到最后一刻，永远不知道幡然悔悟。

曾经，我畏惧过成长，也抵触过时间。每次回到家里，翻看相册里的老照片时，就觉得爸妈的青春都被时间卷跑了，我还没来得及陪，他们就老了。

时间从我身边带走了许多东西，往事中的一桩桩故事，明明暗暗，沿着光阴斑驳的纹路，熠熠生辉。

一年到头，大部分时间都生活在繁忙的都市中，高楼林立，车水马龙，人们连抬头打招呼的时间都没有，所有人都在着急赶路，赶往他们想要去或者他们以为他们想要去的地方。我也曾是其中的一员，只是后来我发现，不用急，该来的，该有的，生活最后都会给，不会少了你的。

有一年给自己放假，在小岛上，安逸得天昏地暗。风吹进梦里，夕阳西下，骑着三十元租来的摩托；本是想探探路，不经意来到一个毫不知名的海滩，难得的是，景色美得让人心慌。

迎着潮汐，冲进了咸海水里。忘记了晒伤脱皮的背，忘记了自己还有一条大裤衩在身上穿着，只想一头扎进去。

那一刻的我，喝着啤酒，面朝大海，心中久违的春暖花开……

我们不是要去追赶生活，而是要学会生活，日夜交替，永远有光照进心里，在未来的日子里，人和人相聚别离，心与心靠近温暖，愿我们的生活都能如这样的时刻，心里有朵花正在开放，眼睛里能有星星在闪烁，幸运的故事，有生之年，终于遇上。

出道三年，致你们，也写给我自己：

那年夏天，我们相识。

是喜是悲，是福是祸。

即使遍体鳞伤，也要打死硬撑。

如果你在这条路上走着走着迷失了方向，这是正常的，谢谢你曾经爱过我；如果你仍然倔强地坚持着，这是可歌可泣的，谢谢你没有看错我。

我们每个人，世界浮华，苍穹繁星，总是要经历一遍。

知道梦想在远方，千山万水，希望我们都能够顺利抵达期盼中的生活，但愿我们都能够实现。

你想听的歌，我会为你唱很久。

感恩所有，这一路，我们相陪相伴，下一站，我们还会再见。

约好的，不见不散。

2016.9.20

既然我认准了我现在所走的这条路，那我就不会再犹豫，也不会回头，我就一直向前走，因为前方有我的梦想在。对我来说，比成功更重要的是，我能为了自己喜欢的事情而一路奋战。

我相信所有难熬的日子都将会过去，我现在所有的努力，不是为了别的，只是为了让我身边陪伴我的人，不再因为我而始终在黑夜中徘徊，迟迟等不到天亮。

目 录
contents

Chapter 1
一个人，我度过了所有

Chapter 2
梦想是自己最好的陪伴

Chapter 3
还好，我生命中有如你们一般的人

Chapter 4
不畏将来，不要辜负自己

Chapter 5
谢谢我自己，还足够勇敢

Chapter 1　一个人，我度过了所有

我还好吗？我还好

2016 年的年初，刚过完新年没几天，我就渴望般地赶回北京的家，对于一个处女座来说，长时间的放松或是处在热闹、嘈杂的环境中后会产生一种严重的罪恶感。因为我认为我没有了规划，没有了理所应当的反思；这样的我会心慌，所以，本可以再多陪爸爸几天的我，还是临时决定买了机票回北京。

老规矩，嘿嘿。盘腿坐在沙发上，一壶茶，一个本子，一支笔，开始了我的新年计划。2016 年，我想发第二张唱片；我想开个人演唱会；我想参演一些影视作品；我想有更多的机会、更好的发展……

但是，当我白纸黑字地写上这些所谓计划后，我发现我内心那作死的焦虑感并没有得到任何的缓解。我到底在想什么呢？到底需要什么呢？二十岁零一个月到的北京，到现在已经将近三年时间，当然，我依然是个二十出头的小毛孩，但我仍要问自己："宁桓宇，你得到了什么？你快乐吗？你还好吗？"

我还好吗？是啊！我还好吗？我都快忘记我是一个生存在这个世界上的独立个体了；我都快忘了我有思想，我可以为自己做点什么；甚至，这几年发生的太多事让我都快忘记我还有为自己而活的权利。

赚钱，是为了养家；生活，是为了我最爱的爸爸；甚至快乐，也仅仅是为了看着像那么回事儿。让我现在想一想自己有什么开心的事儿，我得费劲想好半天，可以说，经历了这么多，我已经忘记了高兴是什么东西了。

这样的因果关系貌似不成立，但是，听我慢慢说完我的故事，你们也许就能体会到吧，它本就是矛盾的，本就是难以形容的。或许说得过于严重，有时候真的觉得自己像个神经病，纠纠结结的，不肯放过自己，也让别人受到了打扰。

我喜欢比惨，因为这样我就能把事情想到最坏最坏，然后我会恍然发现我原来过得还行，像那么回事儿。快男比赛完之后的这几年，我的人生像坐滑梯一样，一路向下出溜，有的时候，我一个人躺在家里的沙发上，看着墙角处妈妈的供台，照片上的妈妈目光温柔。小的时候，我还会想，十年之后，二十年之后，三十年之后，妈妈会变成什么样子，而我又会变成什么样子。

现在再也没有这种想象的可能性了，妈妈永远不会变，而我会变成怎样的人，还有谁会真正地关心吗？有些事情不能多想，想多了，心里就难受，过去的往事就像一根针，尖尖细细的，无比凛冽，生生插进心里最柔软的地方，看不出什么伤口，却疼得难以忍耐。

给远在老家的爸爸打电话，握着手机，僵硬地问着:“干吗呢？”

“在家呢。”话筒那端的声音听起来有气无力。

“一个人？怎么不出去打打麻将？”

“嗯，一个人。不想动。”

两个人就这么有一搭没一搭地说几句话，问完对方吃什么、喝什么、几点睡之后，就挂了电话，几乎不会超过一分钟。妈妈离开我们之后，我和爸爸就这么在时间的流淌中静默陪伴，两个大写的直男就像突然被送入幼儿园的小孩子，面对没有妈妈的日子，笨拙地学习着如何与生活和平相处。

妈妈离开已经一年多了，我感觉自己的生活还是暗无天光。工作的时候拼命投入，休息的时候一个人窝在家里，谁也不想见。

许多朋友劝我，桓桓，都这么久了，应该走出来了，毕竟你以后的路还长着呢，你得为自己的将来好好打算，不能每天再这么浑浑噩噩的了。

他们说的话都很有道理，我也都明白，可是不是有那么一句话吗，你懂得那么多的道理，依然过不好这一生。

以前我劝说别人的时候，也是振振有词，一副人生导师的样子。直到现在我才彻底明白，没有所谓的将心比心，没有真正的感同身受，所有的人都不会明白你的痛苦，他们指着你的伤疤告诫你别总和过去较劲，别总攥着失去的东西不撒手，人应该往前看，毕竟未来才是最重要的……

我拿着自己写的新歌去找和自己关系很好的一个姐姐，这个姐姐是我刚到北京认识的，一直很照顾我。姐姐戴着耳机认真听完之后，若有所思地拍着我的肩膀，说："桓桓，做歌的事情不用操之过急，你应该先把自己的情绪调整好，不能总沉浸在妈妈去世的阴影中走不出来，你上一首歌曲就是为怀念妈妈写的，这一首歌还是为怀念妈妈写的，这样，是不是有点，不太好吧？"

"只要音乐是好音乐，不就行了吗？其他的东西，重要吗？而且，我并不是每一首都是写给妈妈的，只是这首……"我一本正经地辩解，为我的音乐和我自己，但是从那个姐姐的眼神中，我读出了深深的推搪之意，知道自己说再多，别人也不会听进去。在身边人的眼中，我这两年始终只退不进，事业没有什么起色，生活上也总是沉默孤独，好像置身在一个负能量爆棚的堡垒内，所有靠近我的人都会自觉退后三步。

乔布斯说:“当你长大了，总有人对你说，这个世界有它的规则，你的人生也是在这个世界上过生活，别老是想着打破规则，这样的人生太狭隘了。人生可以更加宽广，只要你能领悟一个简单的道理，那就是，你身边一切所谓生活的东西，都是一些不比你聪明的人造出来的。你可以改变它，你可以影响它，你可以自己创造出对别人有用的东西。一旦你跳出那个‘生活不可以改变,你只能适应’的荒谬观点，转而拥抱它、改变它、升华它，给它烙上你的印迹，一旦你明白这点，你的人生将从此不同。”

这两三年，实在经历了太多的事情，大起大落，患得患失，同龄人还在大学校园里安乐地享受美好的时光时，我已经早早地被人生残酷的一面三刀两剐，时而置身在风暴四起的舆论中心，时而身处沧海横流中黯然漂泊。在人生漫漫前行的旅途中，我渐渐明白了，我不需要去告诉每一个人，曾经艰难的日子我是怎样一步一步熬过来的，大多数人都是看你飞得高不高、远不远，只有少数真正关心你的人才会在意你飞得累不累。所以，我不会因为别人的话而动摇，退缩，也不会因为被否定就放弃，我有我自己

该走的路，我有我自己该做的事情，无论我想要抵达的地方有多远，路上有多崎岖，我也在心里暗暗告诉自己：别担心，你一定不会辜负你曾经经历的一切的。

我过得好不好？我还好吗？我觉得现在的自己是最好的自己，经历了年少轻狂无知的岁月，迈过了生活给我设置的一个又一个障碍。我现在不怕回首，不畏前路，不惧失败，我心底认清了自己真正要去的地方，我知道那个真正属于自己的未来在什么方向，我会在接下来的日子不遗余力地去追寻。

当然，我知道不是所有的努力都会换来成功，但那又有什么关系？我愿意穿过千山万水，尽全力去做自己喜欢做，并且想要做的事情，不是为了成功，只是为了在若干年之后，自己不会对自己抱歉，不会觉得还有许多的梦想，因为时间无情，而都变成了来不及完成的遗憾往事。

所有的逞强只是为了留住你

今天的尽头就是明天，我曾一度认为黑暗的夜晚永远不会有尽头，但时间的流逝最终教会我一个道理，所有的天黑都会迎来光亮，所有的苦痛都会结痂落疤，不论眼下的日子有多难过，总会在不断向前跋涉的过程中，慢慢成为回忆。

参加完快男比赛后，我来到北京。那时，事业上的发展并没有我想当然的那么顺遂。当时，我和白举纲、左立住在一起，他们天天飞来飞去，工作行程满到爆炸。而我每天就是待在房间里刷微博，上网。

无事可做的状态持续了很久，不明白原因，也看不清前路，那段时间最常做的事情就是给家里打电话发牢骚，妈妈安慰我：“这有什么，在外面不开心，就回家好了。”

我心里也在想，真的没什么大不了的，开完演唱会就回成都读书，以前是怎样的生活，以后还怎样过。

那时候，心里不会害怕，大概是因为觉得无论摔倒还是受伤，身后总会有一个人及时伸出手把我拉住，曾经敢于和生活拔刀相见的勇气，全部源于妈妈对我不遗余力的爱护。我一直认为这份陪伴与守护是漫长而无垠的，却没有料到，失去只不过是一瞬间就会发生的事儿。

演唱会还没有结束，家里就传来消息，妈妈病了——大病。在最终确诊了妈妈病情之后，我蒙得大脑一片空白，眼前的一切都变成虚影，耳边每天都会响起很多声音，关于如何选择治疗方案，如何合理安抚病人的情绪……

那段时间，生活乱糟糟的，心里却寂静得厉害，就像站在深不可测的枯井下，头顶微弱的光，根本听不到回响。每天闭着眼睛就开始胡思乱想，各种稀奇古怪的念头从脑子里冒出来，想时光倒流，想一切都是噩梦，只要一睁开眼睛，妈妈还在家好好地等我，身体一点毛病也没有。

不敢睁眼，因为知道一睁眼就要面对现实，人生和我开了一个巨大的玩笑，把我钉在了梦魇里，逃不出去。

一开始，妈妈生病的消息是爸爸告诉我的，当时，我正在为成都演唱会做准备，成都对我而言很重要，我满心期待，可以回到自己的主场开演唱会。成都演唱会前夕，爸爸打来一个电话，并没想细说，只是轻描淡写地说："你妈咳嗽一直没有好，要不过阵子，带她去北京看一看到底怎么回事吧？"

我过年回家的时候，妈妈的身体状态就不太好，总是咳嗽，她还一个劲儿逞强，不愿意去医院，我爸说服不了她，她就一直拖着，当时还是我回家后，连哄带骗把她送到医院输了几天液，才稍微有些好转。那个时候我也没有多想，只是认为妈妈不过是伤风感冒而已，过几天就会好的。

在我回到北京之后，爸爸带妈妈去医院做了一次检查，爸爸当时其实已经知道妈妈患了癌症，只是他不愿相信这个结果，也不愿给我造成压力，他抱着搏一搏的心理，在心里和自己赌了一赌：万一是误诊呢？万一来北京后，医生说不碍事呢？

我后来想，爱一个人真是一件美好又残酷的事情，拥有和失去，常常是一线之隔。不知道那些难挨的深夜，爸爸是怎么熬过来的，努力想要搂进怀里的人和事，最后都无法挽留地遁入岁月，烟云散尽。

当时和爸爸简单聊了几句，我说："好，来北京查一查更放心。"

挂了电话之后，心里隐隐升腾起不安的预感，总觉得哪里不对劲，但又不敢往深处去想，自欺欺人等到演唱会结束之后，我回到北京，费尽口舌，才劝说妈妈同意来北京看病。

爸爸和妈妈到北京那一天，我借了一辆车去机场接他们，看到妈妈那一刻，我差点没忍住想夺路而逃，不过几个月的时间没见，妈妈像换了一个人，虚弱得站都站不直。我在等候的人群中，看着爸爸搀着妈妈朝我走来，两个人离我越来越近，我心里越来越坚硬，从那一秒钟起，之前胡闹、不懂事的宁桓宇彻底消失了。

成长的过程似乎很慢，但其实很快，走过了那么多的路，飞过了那么多的城市，遇到了许许多多的人，见过了许许多多的事，好像明白了很多人生道理，觉得自己独当一面，长成了一个像模像样的大人。但在机场那一天，我清楚地知道和过去幼稚的自己告别，从那天起，我才真正长大了。

从机场带着爸爸、妈妈直接去了医院，烦琐的手续，无尽的等待，所有的专家都难以接近，我和爸爸四处托人，希望能够尽快找到一位权威的专家医生，帮妈妈诊疗，但是没有一点效果。

妈妈在宾馆里，连起床的力气都没有，我心里特别着急，想这样一天天地耗下去也不是办法。我站在医院门口，看着医院的每个角落里都挤满了患者和家属，他们和我一样，脸上漠然没有表情，但我能够清楚地从他们眼底看到茫然无措的绝望，那是一种想要

寻找生的方向，但是却无能为力的挫败感。

不想再耽误时间，我在挂号的窗口后排了很久的队，拿到了一个号，然后又在长长的走廊上等了很久的时间，才听到叫妈妈的名字。我拿着妈妈从老家带来的检查报告，小心翼翼地递给那位坐诊的医生。

医生脸上没有任何表情，快速翻看了妈妈的病历，头也没抬地说："回家去吧。"

可以回家？我心里一阵狂喜，回家不就意味着没事吗？我凑近一些问医生："我妈到底得什么病了？"

医生诧异地抬头望了我一眼，似乎我这个问题很蠢，还是那样快速的语调："肺癌晚期，回家去吧。"

呵，死亡通知就这样劈头盖脸地扔到我脸上，爸爸在一旁完全垮了，面如死灰，如果当时谁轻轻碰他一下，他一定瘫地上了。

医生把病历推到我面前："去下面买点维生素片就回去吧，现在这种情况再住院，没有任何意义了。"

我还是不死心，追问道："那还有多久？"

"多的话，也就三十天吧。"医生又看了我一眼，我不知道她目光中是怜悯还是不耐烦，对于医生来说，每天司空见惯，生死已经稀松平常。但是对我来说，失去妈妈，人生就再也不会完整，心底就永远空掉了一块，夏天会漏雨，冬天会灌风。

从医院出来，我先给公司打了一个电话，因为第二天在厦门还有一场演唱会，我在电话里简单说了说我这边的情况，表示自己参加不了演唱会了。然后，我和爸爸两个人商量了一下，就很快做出了决定，拼了命也要把妈妈治好。怎么拼？往什么方向拼？我们两个老爷们其实毫无头绪，当时就只有一个念头，不管付出多大代价，也要竭尽全力把妈妈留在我们身边。

钱是那时面临的最实际的问题，我和当时的经纪人提要求，每个月必须保证我能挣到六万五千块钱。我给自己算过一笔账，自己的房租，日常开销，妈妈的医药费，六万五也只是能维持一个紧紧巴巴的状态。

没日没夜地工作，保持高强度的工作状态，就是为了挣钱，为了给妈妈治病，坐在车上赶通告，总是昏昏沉沉睡过去。

会做梦，梦里边，我在一列火车里，车窗外，风景旖旎，我探着脑袋，惊艳远方的美景，伸手去拉身边的妈妈一起看，却扑了个空，扭头，身边空空荡荡，耳边只有风声，车厢里旅客喧嚣，哪里也没有妈妈的踪迹。

赶紧醒过来，捂着“怦怦”直跳的胸口，暗暗松口气，还好，还好，只是一场梦，妈妈还在，还在等着我回去。

现在回头想一想，已经有点记不清当时那段日子我是怎么过来的，我不知道从什么时候起练就了一个新技能，就是遗忘，可能十分钟前刚洗过脸，扭头做了一件事情之后，又会去再洗一遍脸。我自己有意识地忘记了曾经发生过的很多事情，大概是因为每每想起来，自己还是接受不了，觉得心里过不去那个坎吧。

妈妈去世一年多了，我的生活也在逐渐回归平常，工作，会友，回家陪爸爸。其实，只有我自己知道，我还没有完全恢复过来，我还没有从失去妈妈的痛苦中走出来，这在我看来真的不是一件容易做到的事情。我会好好工作，好好孝顺家人，好好过自己的生活，但这些“好好”的表面下，我忍不住还是会质问：“为什么偏偏是我？为什么偏偏就是我要失去妈妈呢？”可是我不知道应该质问谁，也没有人能给我答案。

当初所有的逞强，所付出的一切坚韧的努力就是为了留住妈妈，多留一个月、十天、一天，哪怕几小时、几分钟也行。留不住，最终要离我而去的，拼尽全力也攥不到手心里，也终于明白为什么说人生是一场不断失去的旅程。有一天，你会成为别人记忆中的一部分，也有人会成为你记忆中无法抹去的一段记忆，爱你的人，你爱的人，就这样走啊走，走着走着，就失散了，最后成了彼此生命中最温暖的印记。

成长就是热泪盈眶也要努力微笑

岁月不等人，时间不停留，我知道自己早晚有一天会长大，只是没想过那一天会来得那么快。好多个日夜，我守在妈妈的病床前，看着眼前这个憔悴的女人，我想自己是她现在最大的希望，所以我告诉自己不论发生什么，不论有多难，自己都要挺下去。那时候我在心里祈祷了无数遍，如果真的要告别，那么就让这个时刻尽量晚来临一些吧。

以前，总觉得还有更长的时间可以陪妈妈，可是一路走到眼下，发现上天留给我们的时间已经不多了，剩下的每一天都是最珍贵的礼物。我依然不善言辞，依然不知道未来会走向何方，但我不

允许自己低头，如果分别最终要无可避免地发生，那就在我们这段能够相依为命的岁月中，我给她最温暖的拥抱，就像小时候我生病，妈妈抱着我一样。

妈妈的状态一天不如一天，整个人没办法躺着，只能靠在床头，坐着睡觉，虚弱得连睁眼睛的力气都没有。当时留在北京和爸爸一起照顾妈妈的小姨，每天躲着偷偷地哭，妈妈的那个样子，身边的人看了，没有一个不难受的，但是妈妈自己却很乐观，还总是安慰我和爸爸，让我们别担心，她肯定会好起来的。

其实，从最开始确诊了妈妈是肺癌晚期之后，妈妈就一直表现得比我们所有人都豁达和坚强，从没有放弃，即便再难，也不抱怨，她都是勇敢面对，有时我都不得不服，作为一个男人，扪心自问，也会觉得难以做到。妈妈总是对我说："你放心，你还这么小，还没有结婚，还没有组成自己的家庭，没有人照顾你，我不可能放手的，我不放心啊，我还要等着抱孙子呢。"

以至于我在面对这一切时，更多的是笑颜以对，我妈妈都不怕，我怕什么呢？其实，那段日子最难过的就是求医治疗，我那时候刚到北京，人生地不熟，没有什么朋友，也不认识什么人，我到处打听哪里有合适的医院，想尽快让妈妈入院治疗。虽然之前的医生说妈妈的状况，入院已经没什么意义了，但是我不想放弃，哪怕只有一线希望，我也要尽力地去试一试。

找了好几个医院，都没办法立刻入院，有的医院办理住院的时间已经到了第二年的夏天，现实的焦灼让我手足无措。当时，我住在一个一室一厅的小房子里，我和妈妈、爸爸还有来照顾妈妈的两个亲戚五个人挤在里面。妈妈因为病情严重，她就整晚整晚地坐在沙发上，难以入睡，我知道她很疼，但是她总是尽力忍着，不让我们为她担心。

小时候，我总是很厌烦妈妈的碎碎嘴，自以为是地认为：“呵，我不需要温室，一样可以成长。”直到有一天，时间慢慢告诉我，叶子会变黄，花儿会凋谢，春夏再纯情似火，仍旧躲不过秋冬的冰冷枯黄。我每一次回家，走在小区的碎石子小道上，寒风吹打着我的脸，不，不能用“吹打”这个词，应该是“吹拂”吧，因为没有那么的刺痛，似乎那时候还在幽默地和我开着玩笑：“呵呵，看吧，以前的你有多厌烦，现在的你就有多无助。”

我想一定是我以前拥有得太多了，多到曾经的拥有都快要失去殆尽了，而那份我满不在乎的曾经，其实才是最值得我拥有的，可惜我懂得太晚了。

长久以来，我都是个内心骄傲的人，不愿意开口求人，觉得自己面子挂不住。那时候，因为实在找不到住院的机会，有朋友就给我出主意，让我去找当时在快男舞台上做评委的陈坤哥他们帮忙，但是我想了想，总觉得开不了口，心里还是想靠自己的力量解决自己家里的事情吧。

心里始终憋着一股劲，不甘心，不认输，不肯就这么算了。我上网查了许多资料，看了许多癌症晚期病人的事例，有不少病人最后都活了下来，比医生预判的死亡期限多活了很长时间。我想我的妈妈一定也是个特例，她一定也会在治疗中好起来的，她一定会等到我结婚，看到我的孩子出生的。

就是在心里揣着这样坚定的信念，每天才能撑着从床上爬起来。以前还总是觉得时间太多，青春太长，妈妈生病之后，我每天都觉得时间溜得飞快，工作的时间不够用，照顾妈妈的时间不够用。白天四处演出，到处找人打听医院的事情，晚上累得头皮发麻，脑仁都是木的，可是躺在被窝里，死活没办法睡着，脑子里好像有一根指针在“嘀嗒，嘀嗒”清晰地转动，时刻提醒我没有多少时间了。

我记得有一次，我一大早起来去医院，拿着妈妈之前的诊断书想去找权威的医学专家再问问还有没有什么办法，白举纲陪我一起去的，本来是爸爸想要和我一起去的，但是我没让他去。自从妈妈得病之后，爸爸的精神状态就一直不好，而且我因为工作的原因总是在外面各个城市跑，爸爸照顾妈妈也很辛苦，本来就心力交瘁的，我担心他去医院，又要等待，又要排队，尤其看到医院里形形色色的病人，心里会更加难受，所以就让他留在家里照顾妈妈了。

到了医院，八点钟一开诊，等候的人就像蚂蚁一样往大厅里涌，保安在门口伸长胳膊拦着，五个人一拨地往里放人。我当时挤在人堆里，茫茫然地看着前面一大片的后脑勺，看着自己手里挂的号，知道根本排不到自己这里，前面排着队的人实在太多了，但是既然已经来了，就无论如何也要想办法见到医生。

嘈杂的人声中，我冲着白举纲大声嚷嚷："我一定要想办法钻进去，今天不能白跑这一趟。"

白举纲也被挤蒙了，在人堆里被挤得东倒西歪，他伸伸脖子看了几眼："你进得去吗？再说就算你进去了，医生能给你看吗？"

我拼命朝前挤，当时脑子里什么也顾不得想，就是看到哪里有空隙就往哪里钻，心里想着今天进得去也得进去，进不去也得进去，我跟白举纲说："不给我看，我就给他跪下，求着医生也要把我妈的病看了。"

看我这么坚决，白举纲也没再说什么，只能使劲帮我撇开周围的人，给我制造便于我往里冲的条件。果然，随着保安放行第二批人进医院的时候，我顺利挤了进去，但是进去之后我还是蒙了，诊室门口里三层、外三层围了一堆的病人和家属，医生已经是忙得焦头烂额了。我咬了咬牙，举着病历刚想给医生跪下，求他看看我妈的病历的时候，我前面的一个人突然先我一步跪在了地上。

就像电视剧里演的一样，一点也没有夸张。我站在一旁，看那个下跪的人哭着，求着，医生一脸无可奈何、无能为力的样子。当时整个医院走廊里充满了绝望的气息，到那里看病的都是癌症患者，每个人都如同我一样抱着最后的一丝希望，企图通过进入医院接受治疗，延续生命。大家脸上都挂着卑微的乞求，是啊，太阳多暖啊，家里人都还在身后等着，谁也舍不得就这样离开。

可是，事实就是这么残酷，有些事情就算再努力，也没有丝毫挽回的余地，“癌症”两个字就像是一张审判通知书，宣告了每一个患者残留在这个世上的时间是多少。看着那里一个又一个的癌症患者被医生发下这张通知书，站在那里的几分钟，我忽然大脑里变得一片空白，真空一样，什么也没有。后来再回想那个瞬间，大概就是希望被绝望覆盖的感觉吧。我也不知道我是怎么走出医院大门的，站在马路边上，看着陌生路人从我面前走过，道路上车水马龙，想一想妈妈还在家里等着我回去，可是我却不知道该怎么告诉她，自己无功而返的这一趟。

虽然很想抱头号啕大哭一通，但还是把眼泪吞了回去，我一向是个眼泪很浅的人，常会为了各种小事流眼泪，感动的、难过的、迷茫的、无助的……因为我总是当自己还是一个孩子，还有人会

为我擦掉泪水，会拍拍我的肩膀说没事，有妈妈在。

可是站在医院门外，身上所沾染的消毒水的气味还没有散尽，我不敢再哭了，也不想再哭了。我只想仰着头努力把嘴角上扬，能够再回到家里，揽着妈妈的肩膀对她说没事，有我在，你一定会好起来的。

能够和爸爸说我长大了，不再是以前那个惹你生气，总是捣蛋的小孩子了，我能够和你一起承担照顾妈妈的责任了。

每一次的告别，都想再用力一些

想让一个人快速地成长，最好的办法就是不遗余力地去折磨他，为难他，只有在最难的时候，成长的速度才是最快的，因为没有退路可走，所以只能不断地让自己变得更强大起来，才能抵御风霜刀剑的袭来吧。

几经周转，妈妈来到北京好一段日子了，住院治疗的事情还是没能够解决，那时候，我觉得自己很没用，眼睁睁看着自己最爱的人躺在病床上，却什么也做不了。心里纠结再三，还是决定放下自己可怜的自尊心，去求助于别人，在手机上编辑了一条短信，发给了陈坤哥和毛宁哥，希望他们能帮帮我。

其实，心里抱着的希望也不大，毕竟别人都有自己的事情要忙，而自己所要求的事情难度又不小，但是没想到他们都特别热心地帮我找了医院，还联系了医生，最后也是在他们的帮助下，我妈妈才顺利住进了一家医院，我那时候的心里才稍微地安定了一些。医院的各方面条件都很不错，一间病房一张床，还有独立的卫生间，我去看望妈妈的时候，会觉得她的气色、身体的各方面也在一天天地好转，说话的声音会比之前有力气一些，饭也能多吃一些。当时我想，可能老天爷真的在照顾我吧，看到我这么努力，也不忍心这么快就带妈妈走。

慢慢把心放下来之后，爸爸和小姨们继续留在北京照顾妈妈，我忙着工作，全国各地飞，毕竟，医院里每天增长的医疗费不是一笔小数目，那时快男的兄弟们纷纷和我说："桓桓，需要钱就和我们说，银行卡就在这里给你放着。"我虽然很感动，但是也不能指望着朋友的帮助去渡过自己的难关，所以，那时候我虽然很想每天陪在妈妈身边，帮着爸爸一起照顾她，但是我必须出去挣钱，我知道自己只有挣更多的钱，妈妈的身体健康才能有更充分的保障。

那时候令我欣慰的是，我每一次工作完赶回北京，看到妈妈的恢复都会更好一些。在不断的治疗过程中，妈妈不但能够下地走路，散步，还有力气和爸爸拌嘴。当初医生所谓的一个月的生命期限早已过去，在北京半年多的时间，妈妈身体恢复得很不错，看起来和没有生病时一模一样。

我没有工作的时候，就搀着她去楼下散散步，心里想着只要妈妈能熬过这一关，今后我一定不会再惹她生气，一定会用更多的时间陪着她。小的时候，总是绞尽脑汁想着怎么从爸爸、妈妈的眼皮子底下溜出去玩儿，现在经历过妈妈这一场生死攸关的大病之后，我才意识到自己之前有多不懂事，有多伤爸妈的心。

妈妈身体恢复得差不多之后,便要求回家。我一开始坚决反对，毕竟北京的医疗资源比起老家的医院来说，还是强很多的，而且妈妈留在我身边照顾，我也会放心很多。但是妈妈固执得厉害，一定要回家，她说自己的身体已经没问题了，回家只要注意休养，按时去医院复查，就肯定没问题，而且爸爸那时候为了照顾妈妈，已经半年多没有回单位上过班了，长久在北京待下去，也不是个事儿。

妈妈是做老师的，讲起道理来有理有据，我和爸爸的口才根本不是她的对手。我知道妈妈是为我着想，她在北京多留一天，我所承担的压力就多增加一分。当时妈妈在北京看病治疗只能自费，没办法报销，如果回到贵州治疗的话，起码妈妈的医疗保险可以报销一部分费用，能减轻很大一部分的经济压力。我那时候虽然能挣到一些钱，但对于我们这样一个普通的家庭来说，庞大的医疗费用还是让我们时时刻刻不敢懈怠。

我跟妈妈说不用担心钱的事，我肯定会想办法的。但是妈妈就是铁了心要回家，怎么劝都没用。最后没办法，我和爸爸商量了一下，爸爸也觉得回家治疗应该问题不大，当时妈妈的身体状况真的算是不错的，所以我认真考虑了一番之后，答应了妈妈提出的回家治疗的要求。

送他们离开北京的时候，我还在想着等忙完这一阵子手里的工作，就回贵州去多陪陪他们，如果妈妈的身体能够越来越好，过年的时候，我就带着她和爸爸去国外度个假，这大半年一直兵荒马乱的，家里的每一个人都身心俱疲，出去玩一玩，大家都能放松放松。

理想总是玲珑剔透，现实一向冰冷不讲道理。如果我能够预料到之后发生的事情，当时我一定死也不让妈妈离开北京。可惜人总是没办法当下就瞻到未来，只能选择在回顾往昔的时候暗暗恼恨自己当初为什么要做出那样的决定。

妈妈回到贵州后，我千叮咛万嘱咐，让她依照医生开出的药方在贵州那边的医院继续化疗，然后定期回北京复查就好了。妈妈答应得好好的，她让我好好发展，忙自己的事业，不要总担心她的病。

大概是之前几个月脑子里的那根神经绷得太紧了，妈妈和爸爸他们一回家，我就放松了下来，也想要好好为自己的事业规划一下了。看到身边的朋友今天出新歌，明天做活动，而自己似乎还是一直在原地踏步，说实话心里也很着急，不想让家里人为我失望，更不想让喜欢我的粉丝失望，觉得我比赛完之后就止步不前了。就在我一心想要突破自己当时的局限时，坏消息又传来了。

妈妈再一次来北京复查的时候，我就隐隐发觉她有些不对劲，可是又说不出来是哪里不对劲。妈妈和爸爸有一天在午休，我也睡了个午觉，睡醒之后，我想洗个澡，迷迷糊糊去他们睡觉的房间拿换洗的衣服，我一推门，就感觉门把手后面有个东西掉在了地上，黑乎乎的一堆。我是近视眼，当时没戴眼镜，还没看清楚脚下的东西，就瞥到了床上躺着一个光脑袋的人，心里顿时如打鼓一样，揉揉眼睛，看到掉在地上的那堆黑乎乎的东西竟然是一顶假发，瞬间便什么都明白了过来。

我尽量放轻动作，把卧室门关上，自己钻进浴室，打开淋浴，在“哗哗”的水流声中张大嘴巴，眼泪不受控制地流下来，可是嗓子却是哑着的，怎么使劲也发不出声音来，整个人就像被抽干了养分，从头到脚都是枯萎的。

妈妈的头发都掉光了，离开北京的时候还是好好的，怎么才这么短的时间，头发就掉光了呢？癌症病人只有做放疗的时候才会脱发，可是我明明叮嘱妈妈让她回家按照北京医生的嘱托做化疗的呀。脑子里乱糟糟地想了很多，想起妈妈这两天总是嚷嚷着要赶紧回贵州，应该是怕被我发现异常吧，还有妈妈为什么好端端的要去做放疗，她的病情已经稳定了，根本没有做放疗的必要……

不知道，当时什么也不知道，眼前不停晃动的就是刚才掉落在地的那顶假发和妈妈没有头发的背影。

水不停从花洒中流出，那个澡大概是我有生以来洗的时间最长的一次，从卫生间出来，整个人感觉都虚脱了。

真的觉得老天爷太不公平了，简直是在玩儿我，明明之前都冲我伸出了希望的手，让我觉得痛苦已经快要过去了，但是现在却一下又把我的生活打回谷底，原来美好总是这么容易失去，转瞬即逝。人生就如同一条笔直的高速公路，阳光透过汽车的天窗，温和不做作地洒在我的脸上，听着音乐，感觉一切都是如此美好。然而，蓝天白云终将过去，笔直清晰的道路变得昏暗不清，因为，有时候，你不一定要蓝天，因为，有时候，“黑夜”来得更“清晰”。

哭过、笑过、吵过、闹过、打过、骂过、爱过、恨过，在角落，我屈膝过，在路口，我求全过，在黑夜，我怯懦过，只不过……我最想要的，只是从头来过，看着你们白头偕老，看着你们谈笑风生，看着你们相依为命。一切值得了，足够了，我爱你们，真的，足够爱，用尽全部生命的爱，所以，我不能没有你们，决不允许！

老天，请接受我那还不成熟的话语权，请给我一次机会，再一次的无理行为，一个解释的权利，让我和他们一起相伴到老，谈笑风生，相依为命，让我学会如何珍惜眼前每一分、每一秒的相处，好吗？老天，好吗？

我长大了，我已经不是那个可以随意挥霍生命和情感的懵懂少年了，社会这么现实，手把手地教会了我如何勇敢地面对每一次告别。时间无情地告诉我，不要以为还有机会和你爱的人再相逢，也许每一次的离别，都是最后一次，就算你有再多的无可奈何，也是无济于事，所以我能做的只有放下悲伤，用力在告别之前好好抓住想要留下的人和事。

离别太快，不愿回头

你知道吗，痛苦不会因为你的悲伤就放过你，我以前不懂，还觉得老天会对我起恻隐之心，会看在我那么爱妈妈的分上让妈妈身体好起来。可是当现实再一次粉碎了我的希望之后，我终于懂得，每一个人的成长，注定是一场无人陪伴的孤独旅程，我们每一个人都要独自学会坚强，学会去一个人面对生命里的风风雨雨，不能奢望别人，也不能依靠老天的帮忙，只能自己摆渡自己，自己给自己力量和勇气。

常有粉丝说喜欢我，我问她们喜欢我什么，她们说喜欢我在经历了这么多事情之后，还能这么坚强、乐观、笑对人生，特别不容易。

我只能说我们每个人都一样，都要学会承受人生给予我们所必然要承受的那份责任和痛苦，虽然有许多事情是你不想接受的，但是你没办法和人生讨价还价，你只能努力地、不停地向前奔跑，跑过那段泥泞的道路，总会踏上你想要踏上的道路。

挺过去，不论当时有多难以承受，都要给自己打气，告诉自己只要再坚持一下就会好的，总会看到美好和阳光的。我总是想像一个小孩子一样去拥抱世界，我也渐渐知道，这个世界上不是每一个人都会无条件地去拥抱自己，但是，我还是依然会像小孩子一样去拥抱这个世界的。

在问过爸爸之后，我才知道妈妈回到贵州之后，身边许多友邻都很关心她的病情，时不时就会有人来家里，今天推荐一个民间土方，明天推荐一个著名医师，每一个人都说得有板有眼的，那样子好像妈妈按照他们推荐的方子吃了药，马上就能消灭光身体里所有的癌细胞似的。

大概也是抱着试一试的态度，妈妈真的亲身尝试了一些所谓的“秘制良方”，在做这些事情的时候，爸爸和妈妈都没有告诉过我一句，他们不想让我操心。我了解妈妈，她可能是想万一这些办法真的管用，她的病真的能完全好起来，对于我来说，一定是个巨大的惊喜，她是在为我考虑。

但是，这些方子并没能让妈妈的病情更加好转，而最终导致妈妈病情恶化的根本原因还是在妈妈去医院做化疗时，贵州那边医院的医生建议她趁着现在身体各项指标都很好，将癌细胞彻底杀死。听从了医生的建议，妈妈进行了放疗，过于激进的治疗方案让妈妈本来已经稳定的身体情况一下子恶化了。

当我拿着妈妈来复查时的检查单子，找北京之前给妈妈治疗的医生询问时，医生看过单子之后就把我大骂了一通，说我简直是在胡闹，将病人本来稳定的身体状况彻底搞垮了，这下子谁也救不了。医生的话在我耳边回荡，那些专业的医学术语像天书一样，我听不懂，但是，我听懂了一句，那就是妈妈的病情恶化了。

浑浑噩噩地从医院出来，想不通事情怎么会变成这样。明明之前一切都在朝着好的方向发展，怎么会突然就变得这么糟糕。心里万分责怪自己，如果当初能够坚持一点，让妈妈始终留在北京，也就不会出现现在这样无可挽回的局面了。在心里把自己骂得狗血淋头，但是一切都无济于事了。

妈妈很快因为肺纤维化再次病倒不起，我心里那种恐惧的预知越来越强烈，每一天都能感觉到妈妈在离我远去。

在妈妈生命最后的那段日子里，我看着她是如何被病魔折磨的，可是我却只能在一旁干着急，什么也做不了。激素药让妈妈的脸已经肿胀得像个包子，满口腔的溃疡让她几乎吃不下任何东西，身体的毛病一而再、再而三地多了起来，就像一架老旧的机器，从一颗螺丝钉坏起，渐渐地，整个架构都生锈了。

因为长时间的卧床，妈妈的皮肤起了疹子，加上满肺的痰无法排除，让她不能呼吸，每次看到妈妈的样子，心里就万分难过，真的不知道那是一种什么样的痛苦，我真的已经不能去体会了。妈妈最后哀求我说："你们放过我吧！我太痛苦了，你们根本不知道这有多么痛苦！"

我彻底无助了，我没有任何办法可想，没有任何可以去做的事情能够帮到她，我只能眼睁睁地看着我最爱的这个女人，我上辈子的情人在病痛的折磨下拼命挣扎，我知道她一定是痛苦到难以忍受才会说出这样绝望，想要放弃生命的话。妈妈一向都是很坚强的，她在知道自己是癌症之后，一直都积极地配合治疗，但是，她现在竟然说出了这样的话，三番五次地说让我们放过她，我知道妈妈一定是受不了了，她扛不住了，才会想要早点解脱。看着妈妈的样子，我无能为力，如果可以，我愿意替她承受这些所有的煎熬，只要让妈妈别再这么痛苦了。

当时，我每一分钟、每一秒都在心里祈祷，老天爷，有什么都冲我来，我什么都愿意承受。

之后，陪妈妈去做纤支镜手术时，因为不能打麻药，担心妈妈呼吸困难，接不上气，所以，妈妈只能凭借雾化机口吸麻药。当时，妈妈坐在轮椅上，眼神呆滞，一点生机也没有，我特别想哭，喉咙里像鲠着一块骨头，但是我必须忍住，如果我崩溃哭起来，妈妈一定会更加难受，所以我拼命挤出笑容，对妈妈说："妈，你大口吸，大口吸气，待会儿反应就没这么厉害了，我们把痰吸得干净一点，想想你出不了气的时候，大口吸气，我们配合医生，马上就好了，大口吸，不怕，我在呢，我一直都在……"

眼神呆滞的妈妈听了我说的以后，仿佛是在用她所有的力气大口吸气，我把管子硬往里塞，想让她多吸收点麻药，多减轻一些痛苦。

妈妈这一辈子总是很要强，而我也总是很倔强，因为我们彼此的要强，我们不知道吵了多少次架，可是现在的妈妈，仿佛什么都那么害怕，她把手给我，让我紧紧握住，好像握着我的手就能减轻病痛的折磨一样。

做这个纤支镜手术就像做胃镜一样，要把管子从鼻子插入肺部，整个过程非常难受，难以忍受。我想对于我这样一个身体健康的正常人恐怕都受不了，更何况妈妈这样虚弱的病人，何况这

样的手术已经是三天内的第二次了。看着妈妈忍受痛苦的表情，我长那么大，第一次主动亲她的脸颊，在她耳边安慰她，我好想以前那个要强、任性、天真、无私的妈妈回来，但是我知道，这是奢望——奢望！！

每一天的治疗，对于妈妈来说就是一场难以忍受的酷刑，而让她承受这一切痛苦的人竟然是我和爸爸，她生命中两个最爱、最亲近的人。想一想真是讽刺，人这一生总是要面对许多无所适从的选择，我爱妈妈，愿意为她做任何事情，但是，也正是因为我这份强烈的爱，让妈妈在生命的最后时刻，每一分钟都饱受癌症的痛苦和治疗所带来的身体上的折磨。

我之后想过很多，那个时候，我拼命想要留住的到底是什么，除了想要让妈妈在这个世界上多留一天之外，我更想留住的是那份爱，那份我对妈妈的爱和妈妈对我的爱。我那时候已经知道我和妈妈之间的分别近在眼前，不可避免了，但是我内心深处是特别不愿意接受这个事实的，在我看来，妈妈还会好起来的，还会像之前那一次一样慢慢能够下地散步，大声说话。

就像是一只鸵鸟，我把自己的脑袋埋在沙坑里，不愿面对现实，怎么能面对呢？现实太残酷了，世界上最爱我的人在承受着巨大的病痛，而我作为她唯一的儿子，却什么也做不了，更让我难受的是，妈妈的求生意志都被病痛磨没了，一心想着解脱。

原来真的没有岁月可回头了，命运用它一贯冷漠而平常的语调告诉我，好好珍惜眼下的每一秒钟吧，这逝去的每一分钟都是你日后回忆中最珍贵的礼物了。

后会无期，我知道你不会再回来

《奇葩说》第三季中有一集节目是讨论如何面对死亡和告别的话题，那一集看完，我特别有感触，节目里每一个人说的话，都让我想起妈妈生病时的那段日子，节目中辩论的正反双方的观点，就是我当时内心纠结的想法，既想要妈妈赶紧结束痛苦，又想要妈妈多留在这个世上一段时间。在“舍不得”与“不忍心”间踟蹰，就像蔡康永在节目最后说的那样：“我们练习告别，是练习这件事情，而不是一直留对方，因为留不住。撑下去，是多久呢，这事儿没完——”

在妈妈弥留世上的最后几天，也是我和爸爸最痛苦、最难熬的

几天，妈妈那时的状况已经特别不好了，医生给了我们两个建议，分别和我们说了这两种方案的利弊，但不论是哪一种方案，对于妈妈来说，都是莫大的痛苦。

最后，需要我和爸爸在两个选择中做出一个决定来。

一、让妈妈维持现状，每天从早到晚，输液，输那已经没有半点用的液体，每天就在呼吸困难、身体痛苦中度过，一直到生命的最后一刻。但是这样做的话，我和爸爸、姨妈们，还有她的朋友们会始终在她身边，与她一起面对死亡。

二、选择进入 ICU 重症监护室，医生说选择这个的话，妈妈会没有那么累，身体上的痛苦也会减轻一些。但是，她浑身会插满管子，给她上了呼吸机可以帮助她呼吸，随时可以清理肺里的痰，也就是说，妈妈会在意识完全清醒的状况下，一点一点看着自己走向死亡，而因为 ICU 病房是完全隔离的，病人家属不能在一旁陪护，我们每天几乎和她见不了面，她不用再吃东西，也不用我们去照顾她，输营养液就可以让她继续维持生命，但是，这样的结果真的是对妈妈好吗？

让一个人在清醒状态下面对死亡，这是不是太残忍了？可是决定总是要做出来的，我和爸爸选择了第二种方案，选择让妈妈住进 ICU 继续接受治疗，看着妈妈被推进病房，我心里默念：“老魏，不管你怎么样，你都是最棒的，儿子无能，不能解决你的痛苦，也没办法为你做更多的事情，我只能为你祈祷，你一定要坚强，一定要靠你自己撑过去，好吗？好吗？”

在妈妈进入ICU病房第七天，身体状况每况愈下，持续的高烧让她无法保持清醒，医生想了所有可以想到的办法，用了所有能够尝试的药物，都几乎没有效果。我的心在一点一点往下沉，可是依然不想就这么认输，我恳求医生再想想办法，再贵的药也要用，只要能对妈妈好。

在ICU病房的时候，每天的探视时间只有一个小时，一次只能进去一个人，妈妈的亲戚、朋友、同事……大家都在争分夺秒地抢时间，最后分到我这里的时间，大概就是五分钟，我每天大概有五分钟的时间可以进去陪妈妈待一会儿。有的时候，我进去看到妈妈，她是昏迷状态，医生说她因为太痛苦了，所以全身会不停反抗，只好给她打镇静剂。

我就那么静静地看着她，躺在病床上的妈妈就像是变了一个人似的，全身已经肿得不成人样，根本认不出来她原来的样子。因为担心她会去碰呼吸机的管子，所以不得不把她的手绑着，我站在妈妈的病床前，看着她在世上的最后时刻，却是要忍受这样的痛苦，那一幕，我想是我这辈子见过的最残忍的画面。

关键是，面对这一切，我不知道该做什么，我不知道自己还能为妈妈做什么，我无能为力，我想要帮助她，甚至我想只要有可能，我一定会代替她承受这所有的痛苦，但是没有这个可能，我只能这样束手无策地看着她一点一点消耗掉生命的最后一点能量。

有时候真的很想骂脏话，想骂老天爷，你为什么这么不开眼，为什么这么无情，让一个这么善良的人受这份苦。有时候也很想跪下，想哀求，祈祷只要让妈妈少受一些痛苦，让我付出任何代价都可以。

最终还是走到了那一步，最怕的那一天，还是来了。

2015年1月15日晚上10点45分。

我最害怕的事情发生了，医院一片哭声，这个世界果然不会有奇迹发生，我所希望的一切都最终落空了。

医生问:“你是家属什么人？”

“儿子。”

“节哀顺变吧，请跟我来办理死亡证明。”

脑子全乱了，我走出ICU病房，等候在外面的所有亲戚都看着我，他们知道是什么结果，却内心给自己一万个希望地瞪大了眼睛看着我，似乎在等着我告诉他们妈妈还活着，还活着——

“妈妈走了……”我再也撑不住了，号啕大哭起来，我发疯地

吼着，揪扯着自己的头发，我不知道自己还能干什么，从妈妈生病到那一刻，我几乎没有在亲人面前掉过一滴眼泪，我怕给大家带来更大的压力，造成妈妈的情绪不稳定，可是从 ICU 出来的那一刻，我再也忍不住了，我绷不住了，那种尖刀刺在心上的感觉，疼得我站都站不稳。

头脑一片空白地大哭，不肯接受这个结果，但心里却明镜一样清楚妈妈再也不可能睁开眼睛看我一眼了。我看着医生把妈妈推出来，看着殡仪馆的工作人员把妈妈抬上车，铁箱冰冷得可怕，妈妈就躺在那里面，她会不会冷，会不会害怕，我一路跟在后面，叫着:“妈—— 妈——妈——”

我知道妈妈听得到，我想她一定能感觉我在她身边。就这样，该来的都来了，想到的、没想到的都发生了，人生无非也就是这样了，走一遭，必须得有痛有痒，走一遭，必须得遍体鳞伤。

之后的事情就一步一步、一件一件做完，站在妈妈的墓前，我还是有一种不真实的感觉，好像之前所做的一切事情都是假的，就像一场噩梦，如果真的是一场噩梦，该有多好，但是自欺欺人之后，还是要自己学着面对现实。

当你没有了最后能够支撑你的底线，失去了那个最爱你的人，你会头昏眼花，会迷茫，会惶恐……你身体的另一部分离开了这个世界，母子连心，那种心痛无法形容出来，但是我会尽量换种角度去思考，妈妈太痛苦了，她现在没有了病痛的折磨，她解脱了，这对她来说也是好事。

在这里不得不提的事情，面对这一切的时候，公司的同事，北京的哥哥、姐姐，还有我那群最可爱的2013快男兄弟，谢谢你们在我最无助的时候出现在我身边，推掉工作来陪我，给我最大的安慰和帮助；谢谢我的发小们寸步不离地守着我；谢谢于湉在我最困难的时候借钱给我，帮我解决燃眉之急，谢谢于湉的爸爸和妈妈，在得知了我妈妈的病情之后，第一时间赶到北京，帮我安排了天津最好的医院，虽然最后因为种种原因，我们没有选择那家医院，但依然万分感谢；谢谢我的好兄弟蒋逸风，在自己脚受伤，还需拄着拐杖行走的时候，一路颠簸，来送妈妈最后一程；谢谢所有给予我帮助和鼓励的人，在当下，那是一种能足以支撑我继续活下去的情谊，这一份情，我永生难忘，记一辈子。

我想说，人必须成长，这也是每个人必须经历的，只是我稍微早了那么一点而已，没什么大不了的，朋友告诉我："生命最精彩的就是微笑着去经历。"我会挺过去的，会用微笑去面对接下来的每一天。

在那一期探讨死亡与告别的节目中，高晓松老师诗意地阐述了如何面对告别："你是那颗星星，我是你旁边的这颗星，我的整个轨迹是被你影响，即使有一天这颗星星熄灭了，它变成了暗物质，它变成了看不见的东西，它依然在影响我的轨迹，你的出现永远改变着我的星轨，无论你在哪里。”

马东老师讲了他自己和父亲的故事：“今年是我父亲去世十周年。他是突然去世的，大家都知道，亲人的突然离去会给人带来特别大的打击。大概三年后，我做了一个梦。我梦见我父亲跟我说，直到今天我才真正地走了，很高兴和你做一世父子，有缘再聚。我不信，我不信那是我父亲跟我说的。因为在我的印象里，他十年前就走了，在一呼一吸之间离开了我们。所以我知道那是我潜意识里，自己放掉了自己。”

妈妈虽然离开了我，但是我知道，她永远在我心中，会一直以另一种方式陪伴着我，她就像是天上的星星，就像是我随时会做的一个梦境，虽然很远，很远，但我能够随时随地感受到她对我无尽的爱。

我们这一世的母子虽然缘尽，但如果真有下一世，我还希望做妈妈的儿子，因为在我心里，妈妈是这个世上最好的妈妈。

妈妈，后会无期，我知道你不会再回来，这一趟人世间的旅程，你先一步下了列车，从此以后，我身边属于你的位置永远空了，永远不会再有人了。我看着你远去的背影，渐行渐远，我告诉自己，我会好好地去生活，照顾好爸爸和身边的亲友，也照顾好自己，不会让你再为我操心。放心吧，妈妈，我会好的，会越来越好，因为这是你的希望，我会为了你的希望而努力的，一直努力。

Chapter 2 梦想是自己最好的陪伴

带伤前行，无人可以疗愈

身边许多人，熟悉的，不熟悉的，说得最多的一句话就是我变了，不论是性格，还是处事风格，都和以前不一样了。现在的我变得更沉稳了，更内敛了，他们的意思大概就是我更“懂事”了。短短的时间内，经历了这么多的事情，我觉得人生的大苦大悲，大惊大喜，都让我品尝到了，自己想不发生一些改变都困难吧。

妈妈去世之后，我颓唐了很久，没心思工作，也懒得出去见人，整天躲在屋子里。放在墙角的琴落满了灰尘，我连动一下的念头都没有，以前最爱的音乐，那时候只觉得毫无兴趣。每天就是抽烟，不停地抽烟，好像我的人生剩下的能够做的事情就只剩下抽烟了，整个人像一个大烟灰缸，在不停地储存烟头。

妈妈一周年忌日的时候，我去给她扫墓，站在她墓碑前，静静地看着她的照片，妈妈还是那么美丽，安静地看着我，好像在对我笑。我心里有很多话想对妈妈说，可是涌到嘴边，却是一个字也说不出来。也不知道从什么时候学会了不轻易落泪，学会了将所有情绪都不动声色地掩藏在心中。一年了，时间过得飞快，距离妈妈离开我，已经整整一年了，时间教会我忍受，调整，改变……

那一刻，我静静地看着照片上的妈妈，正如妈妈静静地看着我。

有人说所有的伤口最终都会在时间中愈合，平复，时间是最佳良药。我想说时间最大的作用只会让受伤的人习惯疼痛,因为习惯，所以麻木。妈妈去世一年多，大概快一年半的时候，有一天，我在家里打开手机备忘录，静静地看着自己之前记录的和妈妈有关的种种文字，恍如隔世，原来自己曾经经历了那么多。

看着那些文字，脑子里就像放电影一般，点点滴滴，每一个瞬间都无比清晰地重新浮现在眼前，那些想要记起的，不想记起的，统统涌入脑中,冲进心底。当我看到妈妈最后去世那一天的文字时，我犹豫了。我犹豫着到底要不要点开这一条，犹豫着要不要重新回顾当日的痛苦。

这一年多的时间，我早已习惯自然地回避它，可以说是逃避它。

我总觉得我已经慢慢习惯，慢慢忘记，其实，在所有人面前做出一副坚强不屈于现实的打不死的小强样子背后，我自己清楚知道自己内心世界是有多么害怕去触碰到它，但是最终，我还是打开了那一页的备忘录，就那样静静地坐在沙发上，一字一句默默看完了。

不得不佩服时间这个东西，它的力量真的超出我们给它的每一个定论假设。我竟然看完了，而那一刻，我竟然内心一片平静，我曾在之前无数次地想过，当自己再回首过去那段难挨的岁月时，自己会不会崩溃，可是，并没有，我很平静，心里是从没有的洒脱，从没有的坚定。

当然，里面那些痛苦的场景我想就算我六七十岁的时候看见，依然会泪流不止，毕竟，那是我最爱的人。但是，不同的是，时间教会了我怎样去面对，怎样去思考。不同的是，在我眼眶湿润的时候，我的心境不会再是欲哭无泪那么的惨不忍睹，那般的无奈痛苦。更多的是，我知道，这只是每个人都会遇到的一种正常情绪，我可以发泄它，但我需要平静地接受这一切。

还有一条备忘录，是 2015 年 9 月 28 日写的：

“凌晨 12:40，我跑完七公里，坐在家楼下的石堆上……这七公里，我好幸福！因为我一直在想着我的梦想，我一直在想如果年底真给我开个人演唱会我每首歌该怎么唱，怎么改。就这样一个小时过去了，虽然身体很累，但是我真的舍不得停下来。因为我好久没想过自己的梦想了，有这种感觉，幻想梦想的时候最起码都是在三年前的高三时期了，我记得最强烈的是在六年多前的初三升高一那个时候，当时我才去川音附中，现在想想那时的我好幸福！每天都在研究歌该怎么唱，幻想以后有好多好多人听我唱歌！只能说，人有梦想真的好幸福！不会慌张。不会不知所措！

“妈妈，您走了八个多月了……儿子没出息，一直走不出来，真的好想你，好想你，我真的好想你！妈妈……

“但是，我知道，我不能这样下去了，我知道您一直看着我，给我说我也听不见！您看着干着急！放心,您要‘教育’儿子的话，儿子都知道！您肯定要说我现在这状态怎么行，太没出息了，要有抱负，儿子懂，真的，都明白，一切在心里。

“也是，我该振作了！一切不再是借口！戒烟！减肥！我以前那么爱美！更何况这是我的工作！就像妈妈说的人不能犯懒，长一身懒肉！哈哈，妈妈，您的语气我都记得一清二楚！儿子一辈子不忘记您！因为您一直和我在一起，正如我给您写的歌，最熟悉的距离就是心与心！爱你！”

看着备忘录的时间，去年的9月，短短几个月时间，我其实自己都快忘记我过得这么纠结、压抑了。但我从文字的细节，我发现我在朝着一个好的方向发展，我在开始学着自己去寻找解决问题的办法，我好像也意识到了一点：自己的心病只有自己能够走出来。

事实呢，也再一次证明，我们拥有梦想的重要性。2015 年，我靠着给自己不断的梦想撑了过来！

有梦想就有希望，很多事即使做不到自己设定好的目标，但其实你在付出努力的那个过程就是一个值得你自己拥有的瞬间了。结果往往只是一个附加的奖励，而不是一个固定的模式。

你看，在 2015 年，我靠着梦想，发了自己人生里的第一张个人专辑！拍摄了自己的歌曲 MV，进行了自己的城市巡回 live 演出 Music Bus。在录制 Music Bus 期间，到昆明那一站的时候，工作人员提前给我打了预防针，说昆明这里，你的粉丝可能只有几个人哦，做好心理准备。

我当时仰着头故作轻松，说："没事，来几个唱几个。"但其实心里还是有点忐忑，毕竟从比赛出来，到哪一个地方签售、演出，粉丝都会是一大片、一大片地来，会首先在视觉上给我心里造成一种安全感，让我觉得自己还行，所以，在为昆明那一站彩排的时候，心里依然很不踏实，也是真的担心粉丝来得很少，自己会很失落。

正式演出的那一天，我准备上场前，问我们的工作人员是不是可以开始了。工作人员的一句话真是把我伤着了："可以开始了，但是外面没什么人。”

当时真的是有点内伤了，但是我爱面子，还是口是心非地故作镇定：“没事啊，没事，有一个人唱一个人。”

随后，工作人员又安慰我：“我们可以再等等，这个场地太大了，其实也来了不少人，就是因为场地太大了，看着好像没多少人似的。”

我说没关系，真的没关系，不管来多少人，我都会好好唱的。但心里真的是有点难受，人生真的就像坐过山车一样，上一秒钟还在向上走，下一秒钟就不知不觉跌落到了最低点。以前的时候，从没想过自己有一天演出，会没有粉丝来，可是当时，现实告诉我，你是如何荒废梦想的，岁月就会如何地回敬你。因为妈妈离开的事情，我一度放纵自己沉溺于悲伤之中，不健身，不练歌，不向上，每天浑浑噩噩，把自己搞得很糟糕。

现在我决定重新出发，将过去丢掉的一一捡回来，但是我也很清楚，有些东西失去了就再也追不回，但是没关系，只要我还在坚持着自己的梦想，我就能够抵达更好的彼岸，虽然心里的伤痛还是会偶尔隐隐作痛，但我已经不再畏惧和胆怯，前行的路上，带着过去的伤痛一往无前。我们的这一生，每个人都会受伤，都会遇到很多迷茫，觉得走不出去的时刻吧，迷茫虽然长，但人生

更长。就算没有人可以在身边陪伴，但只要梦想还在，就能找到光亮的方向。

当别人说:“我认识你，你是宁桓宇，你是贵州的。”这个时候我就觉得我身上有一份责任感，一定要做自己该做的事情，每个人应该做的事情不一样，我觉得既然你摊上了这份责任，你就不应该放弃，你就应该加油。

我就是要做自己想做的音乐，就是要做自己理想的音乐，哪怕别人不认可我，全部人都否定我，我也要坚持做下去。

我的青春，从来不怕岁月长

我出生在一个普通的工薪家庭，爸爸和妈妈的工作都很寻常，但是，他们特别疼我、宠我，我从小到大，他们始终给我披着“优越家庭”的外套，只要是别人家孩子有的东西，我一定也会有，而且只会更好，不会差了。从小学、初中、高中到大学，我用的东西都是班上同学中最好的、最贵的，所以，我很多同学一直到现在都认为我是个“富家公子”，他们会认为我去参加快男，取得名次，都是家里用钱给我砸出来的。

就算我给他们解释，也解释不清楚。其实，选择登上《快乐男声》这个舞台也是机缘巧合，不过，能够在这个舞台上一直站到最后，被许多人认识、喜欢，我觉得主要还是需要感谢一下我爸爸，如果没有他在我小时候的“慧眼识英才”，估计我现在也就是上着普通的大学，过着普通的日子。

模模糊糊的记忆中，我第一次接触钢琴是我三岁的时候，小的时候只要妈妈一放假（妈妈当时是高中老师），就会和爸爸带着我去省城贵阳的舅舅家玩。听妈妈给我说我三岁那年到了舅舅家，看见了我表姐的钢琴就要去摸，不让我弹我就哭，打死也不从钢琴凳子上下来。这真是我日后最后悔的事情之一了，如果当初没有那么强烈的好奇心，也就不会有童年记忆中不忍回首的练琴记忆了。

爸爸在一旁留意到了我这个无心之举，他细心地发觉我对音乐很感兴趣，回到家就开始有意识地培养我。爸爸曾经是部队文工团的一名歌手，他大概觉得我继承了他一部分的文艺细胞，想要把我身体里的这部分基因发扬光大，就这样，三岁半的我上了人生第一堂钢琴课。

参加完快男比赛后，有一年过年回家，我还碰见了小时候的钢琴启蒙老师，而且更有意思的是他和我模糊记忆里的样子八九不离十。记忆真是有趣，大浪淘沙一般，时间的河水冲走了许多旧时往事，但也留住了一些影影踪踪。

我给老师拜了年，还和他聊了一些音乐上的想法，这种感觉我觉得是很少有的吧。许多小孩子学音乐，学弹琴，最终长大之后，也只是把这个当成一个兴趣爱好，或者有的人就再也不会碰了。但是我却因为小时候打下的这个基础，在音乐的道路上能够走到现在，让我觉得自己很幸运能够有这样一个良好的开始。

三岁半的我拥有了自己的第一台雅马哈电子琴，大概半年的时间后，我拥有了自己人生中的第一架钢琴，到现在我都还记得它的牌子是上海斯坦威，不是我记忆力好，更不是我有心，而是你换作我就会明白，一天要对着那正中央的金色标坐上五个小时，真的是想没印象都难！

其实到现在为止，朋友聚会经常聊天回忆儿时的那些漫画、动画片、游戏等等时，我是根本插不上话的那一个。不过分地说我像一个 70 后一样地看着一群长大成人的 90 后在怀念童年的美好。

在我的童年记忆中，就只有一件事——练琴，练琴，练琴。那时候，爸爸就拿着一根长木棍，坐在我旁边，看到我动作不规范，打手，看到我想偷懒，打手，看到我弹错了，继续打手。所以，童年的时候，为了逃避练琴，也为了逃避被爸爸打，我想过许多办法，其中比较极端的一个办法就是把手伸进电风扇里，被风扇打出血，然后举到爸爸面前，获得几天的休息。

这种感觉怪怪的，但时间久了，我反而也已经习惯这样的角色定位了，再然后，我学会了乐在其中。不过话又说回来，爸爸这几年也常在跟我说他对于这方面挺内疚的，感觉我的童年并不快乐，生活在一个“你要当钢琴家”“你要考清华北大”的高压下。但我反而会去安慰爸爸，其一，我对他说的并不完全否认，可能或多或少我那小心思作祟吧，有点“知道了就好”那意思在里面。但其二，当自己的父亲来说他可能某事做得不妥的时候，儿子的心里其实并不是开心的，我至少是那么觉得的。

因为父亲从小在我心里就是伟岸的，是高不可攀的，“错误”这样的字眼儿与“父亲”二字是不搭的。说到这里，可能有人会反驳我，说我有些传统观念过重。的确，我承认，这是我从小的生长环境、家里的教育方式所造成的思想。

长久以来，爸爸在我心目中就像是一座高高的山峰，我一直觉得只要有他在，就算现在我们每年见面的时间不超过十天，但是我一想到爸爸，心里就会特别有安全感。在妈妈离世之后，我和爸爸尽量都不去谈和妈妈有关的话题，他怕我会伤心，我怕他会难过。我总是在想，在那个空落落的家里，爸爸一个人面对着他和妈妈共同生活了几十年的屋子时，心里该有多难过。而在他最需要陪伴的时候，我却因为工作的关系，总是不能守在他身边。在妈妈刚去世的时候，我和爸爸打电话，视频聊天，总是不痛不痒地说几句就挂断了。现在慢慢地，我也学会了表达自己对他的感情，会告诉他自己很想他，很爱他。我和爸爸的关系从前二十年的一板一眼，逐渐变得温和了起来。

有一次，我正在开车，爸爸给我打来电话，本来只是问候一下，但那一刹那不知道为什么，我突然特别想和爸爸多说几句。于是，我就把车停在路边，把自己那段时间遇到的工作上的一些问题，人际关系上的一些困惑等，通通讲给了爸爸听，而爸爸也认真地帮我做了分析，那一通电话整整讲了两个多小时。

那一刻，我们就像两个老朋友一样推心置腹，彼此平等地交换意见。讲完那通电话，我还在路边愣了愣神，以前那个很高大，总是很威严的爸爸似乎被时光带走了，现在的爸爸总让我忍不住想伸出手去照顾他。以前，我总是一路小跑跟在他身后，现在，我需要常常停下脚步，回头等一等他。是我走得太快了，还是时光把我记忆中的那个爸爸留在了原地?

其实，说到爸爸现在总是提起在我小的时候，对我管教太严格，我觉得爸爸对于我童年部分的内疚，其实也并不是完全都是不好的，甚至，某些层面上，我还必须好好感谢一下我的爸爸。如果没有从小的童子功，我就应该不会从事现在的歌手职业；即使从事，我也没有这样的一个优势。这样的优势真是乐在其中，懂音乐的朋友就会知道，当在钢琴上随便敲几个音，我能脱口而出根本不

假思索的时候，那是幸福的，感觉音符是你身体的一部分的时候，就算你是一个人在家，没有任何观众。那种幸福感是无法言喻的。所以，对于我来说，其实是庆幸有这个好爸爸的。没他的严厉就没有现在的我！

当然，我会吸取一定的经验教训，比如我以后的孩子我会让他自己选择，当然，我可以去引导他喜欢上我觉得对的事，但如果实在不爱，那就算了……

所以，童年的我真的没有“追梦赤子心”，那时，我最大的梦想就是爸爸的那一句：“休息吧！”

长大之后，才慢慢发现自己对于音乐的热爱，现在，更是想将音乐作为自己的一个终生事业去奋斗。

读大学的时候，我开录音棚，和朋友一起做自己喜欢的音乐，那段日子是我生命中最无拘无束，最精彩阳光的岁月。那个时候的想法很简单，每天都做自己最喜欢的音乐，每天都和志同道合的人一起做自己喜欢做的事情。

青春正好，梦想开花。我在大一的时候，一帆风顺地参加了2013年的《快乐男声》，通过海选，层层过关，最终站在面向全国观众的舞台上唱歌，那一刻，我心存感恩，知道自己除了幸运，更大的一部分原因要得益于爸爸小时候对我的“严苛”要求。所以，我在之后的每一天，都不敢松懈，只会更加努力，努力也许不会让我们最终能够触到心目中的终极梦想，但只要不断地努力，我们就能够变成更好的自己，为自己所喜欢的事情倾尽全力。我不知道这个世界上是不是真的有所谓的成功，在我看来，自己人生最大的成功，就是能够始终无所牵绊地去做自己喜欢的事情。

在我比赛的那段时间，爸爸和妈妈总会守在电视机前，眼睛都不眨地看完节目。虽然，我在比赛现场，无法亲自陪在他们身边，但我知道，他们一定是用力为我加油鼓劲的，在看着我一步一步实现梦想的道路上，爸爸和妈妈始终站在我的身后，做我最坚实、可靠的后盾，让我一往无前。

也正是因为有了爸爸、妈妈的这份爱，我才始终有勇气走下去。在妈妈离开的这一年多的时间里，我比以往任何的时间都更想要依靠自己，能不麻烦别人就尽量不去麻烦别人，能不告诉爸爸的一些事情，就尽量不让他知道，尽量不把自己的负面情绪传染给他，所以，每当爸爸问我工作怎么样，在外面过得怎么样的时候，我都笑着跟他说挺好，特别顺利，放心吧。

因为只有这样，我才不会觉得特别挫败，我才不会觉得自己几乎要被现实打倒了，我希望爸爸还是觉得我像是 2013 年那个夏天，站在舞台上忘情歌唱的样子，我还是像当初那样，身处聚光灯下，被音乐和梦想所环绕。

我明白自己已经无法再活在象牙塔里，如今，不管我愿意也好，不愿意也好，我都被现实推到了生活的最前端，就算我觉得这个世界糟糕透了，我也会依然笑着对自己说，没关系，日子还长着呢，这才哪儿到哪儿啊。

我的青春，从来不怕岁月长，我的梦想，始终是我风雨中前行的最大安慰。

真正爱你的人，无论怎样都始终爱你

我们这一生，会遇到许多我们爱着的人和爱着我们的人。他们当中有些人会陪你走很远的一段路，而有些人在你还没来得及放手的时候，就悄无声息地和你说了再见。我很珍惜这些出现在我生命中的人，因为他们的存在，才让我成长为现在这个越来越强大、越来越勇敢的自己。

在我的生命中，妈妈一定算是一个特别重要的人。她对我那种无私付出的爱，她对周围人的默默奉献，对我影响很大，如果没有妈妈，我一定不会是现在的我。只是在我明白了妈妈对我的重要性时，上天留给我和妈妈之间的时间已经不多了，即便是在妈妈生命的最后关头，妈妈心里牵挂着的也始终是我。她那个时候大概就知道了自己剩下的时间不多了，所以总是会有意无意地说一些宽慰我的话，当时听着不觉得有什么，现在回想起来，句句都凝聚了她的不放心。

妈妈在我的印象中始终是强势的，我想大概和她是姥姥、姥爷最小的孩子有关吧。姥姥生了七个子女，妈妈是最小的女儿，所以，妈妈从小在姥姥、姥爷、姨姨、舅舅的宠爱下长大，说是“万千宠爱集于一身”可能有一点夸张，但妈妈真的是被一大家子人从小疼爱到大的。

而爸爸出身于一个农民家庭，算是从小吃苦长大的，他总是让着妈妈，在我从小的思想倾向中，我总是倾向于爸爸这一边的，常常会觉得妈妈是有点欺负爸爸。举一个生活中的小例子，有时爸爸开车，可能会一时大意走错了路，妈妈就会连珠炮一样说爸爸不小心什么的，爸爸早就摸透了妈妈的性格，他就不当回事，可是，我在旁边的话，就会觉得妈妈太强势了，忍不住就会回戗妈妈几句。

小的时候，总认为妈妈太厉害了，甚至有些不讲道理，常常会冲她嚷嚷。我小姨曾经说过一句话，她说我妈谁也不怕，就怕我。

其实我真的是在很久之后才真正地理解了妈妈，真正地走进了妈妈的内心。妈妈不是怕我，而是太爱我，她为我，为我们这个家都付出了太多，承受了太多，只是我那时候根本不懂，体会不到妈妈的良苦用心。

我读小学时成绩很好，为了让我有更好的前途，妈妈放弃了县城里教育局的工作，主动申请调到了贵阳的一所中学当老师，妈妈这样做，就是为了能够把我带到省城贵阳，接受更好、更系统的教育。她牺牲了自己的事业，一心一意只是为了让我更好地成长，在做这些决定的时候，妈妈从不犹豫。

也正是因为妈妈性格中强势的一面，才让我在叛逆期最灰暗的那段日子，有着一丝光亮可循。在我上初中的时候，性格中所有的“不乖”因子都被自己放大了，每天都会捣蛋、惹事，让妈妈和爸爸头疼不已，老师三天两头就会往家里打电话告状，说我每天在学校状况不断等等等等。

初中，在这个由童年转变到少年的时期，回忆起来我自己都会觉得头疼，更别说我的父母。因为从小我就是他们心中的那个三好学生，初中的叛逆期真的是让他们始料未及吧。记得当时小升初的考试中，我是全区前三的成绩进入的实验班。当时，爸爸和妈妈特别自豪，再加上妈妈是老师，周围每天都有人开始跟我妈说我以后要读哪个好大学了，学哪个好专业了……

在那个时候，我就是前途一片光明的“别人家的孩子”，是周围邻居、同学家长用来教育自己家孩子的“典范”，不过，我这个“典

范”很快就变成了“反面教材”，大概是从小到大都习惯了被身边人夸着的生活方式，那个时候的心理准确地说不能叫叛逆，是有一点觉得不舒服了，感觉怪怪的，就是随时准备憋着要做一点让大人们意想不到的事情似的。

刚上初中的时候，我参加了中国“关心下一代”协会举办的比赛，从市里参加完比赛，然后到省里，接着自己一个人来到北京小汤山比赛，以两轮叠加后最高分获得了全国少年组的金奖。记得那时全校在周一升旗仪式上通报表扬了我，我也因为这件事第一次上了报纸，当时心里也挺自豪的。

想来想去，那次的比赛大概就算是我在初中时期唯一干的一件上得了台面的事儿了吧，之后的我，就一发不可收拾地往“跑偏”的路上奔去了。

爸爸和妈妈对我用尽了各种办法，软硬兼施，但那个时候，我好像就是铁了心要和他们作对，他们不让我做什么，我就偏要做什么，常常把我爸气得要揍我。现在回想起那个时候，好像也没什么诱发我叛逆的起因，爸爸、妈妈对我很好，在学校也没人欺负我，但是，我就是要闹别扭，要“作死”。

我妈妈是一个脾气比较急躁的人，有时候，如果爸爸一时没有照她的意思去做事情，她就会生气，所以，我常常会和她吵架，因为各种各样的琐事，三句话说不到，我们就吵个没完。小的时候，我没心没肺的，似乎完全想不到要去体谅父母的不容易，只是一心想着自己受了怎样的委屈。现在想起那个时候的自己，都很想时光能够倒流，回到自己十几岁的时候，狠狠抽那个时候的自己几耳光。

可是不管我怎么闹腾，妈妈从来没想过放弃我，我也不知道她心里为什么会那么坚定地认为我能改好。当时，我周围的长辈都觉得我这辈子完了，以后就是个“小混混”了，可是我妈妈还有外婆，她们始终在拉着我，拽着我，不管我怎么折腾，她们都不愿放手。在我外婆临终前，她还在和妈妈交代，让妈妈千万不要不管我，让她一定要好好教导我。

也正是因为妈妈对我的坚持付出，我才没有放任自流，没有在那段叛逆的日子里迷失自己。我很感谢妈妈对我无条件的信任，在所有人都放弃我、不管我的时候，只有她还始终坚定地相信我还是她那个懂事的儿子，我还会做回真正优秀的自己。

我一直在想，为什么这个世界上要有离别呢？为什么我们爱着的人不能永远和我们在一起呢？在 2015 年的时候，因为一次工作的关系，我去了美国，当我一个人漫步在波士顿的街头时，看着这个幽静城市的点点滴滴，我心里不由得想着我小时候惹爸妈生气的糗事，觉得一切仿佛在昨天才发生似的。我喜欢波士顿的大街小巷，喜欢剑桥市里的哈佛的幽静，喜欢它随处充盈着的慢节奏，惬意、舒适、平和，在返回纽约之后，那一趟美国之行便也画上了句号。

在完全陌生的地方，思念着自己的家里人，想着自己前几天去了自己从小就梦寐以求并且擦肩而过的学校 Berkeley，挺感谢有这样一次工作机会，做着有意义的事情，看到了心中向往的学府，一路笑着，聊着，有了欢笑，有了挚友，懂得了包容，懂得了理解，正如电影《一个勺子》里说的那样："人生就是这样……"

人生就是这样，那些真正爱你的人，无论他们现在身在何处，都始终会以深沉的情感爱着你。我知道，妈妈在今后的每一天，还是会一如既往地爱着我。从少年到青年，我对妈妈付出的爱太少了，那时的我还不懂得感情是这世上最无法储藏的东西，还总是想着等有一天，好好陪妈妈去旅游；等有一天，陪妈妈去看电影；等有一天，陪妈妈去……

这一天，我再也等不到了，仰望天空，不知道此刻在天上的妈妈会不会怪我，这就是过去一年多的时间里，始终徘徊在我心底的感受。我知道，妈妈永远不会责怪我，不论我做任何事，她都会包容我，就像我读初中叛逆得无法无天时，她始终相信我会变好。

现在，我跨越了时间的长河，成为更好的自己，我却再也不能拥抱生命中最爱我的那个人了；现在，当我不再哽咽、崩溃地回忆妈妈，而是能够淡然地讲述我和妈妈之间的种种故事，我知道我已经得到了生命中最好的意义，那是妈妈赋予我一生的财富。

相信所有难熬的日子都将过去

在很长一段时间里，我都觉得自己特别尴尬，工作不进不退，生活不上不下，没有目标，也没有方向，每天就是在家里的沙发上发呆，看看墙上的时钟，看看手机上的信息，一点活力都没有。

“我一个人坐在沙发上，都已经分不清是白天还是黑夜，兜里只剩下仅有的十二块五毛钱，面前一碗昨夜吃剩下的面条，抬头向右往窗外看，太阳怎么又升起来了？今天是多少号了？向左往妈妈的祭台看，她微笑着，一直看着我，而我还是这样漫无目的地日复一日。”

这是我在 2015 年 5 月 12 日早上 5 点多写的一条备忘录。这条备忘录上写下的状态就是我那段日子的一个常态，在我处理完妈妈的后事，回到北京之后的一个日常状态。

因为各方面的原因，在妈妈去世之后，我大概有半年的时间没有好好工作，就在我终于准备重新出发，重新好好面对自己未来的人生时，之前说好的发片、艺人形象定位、杂志拍摄、节目、真人秀等，大半年前让我感觉我很“红”的所有工作，突然一个都没有了，我变得无人问津，被人彻底忘记了。

我彻底蒙了，几个月的时间，没有曝光，就变成了这样，这完全与我想象中的现实大相径庭，我刚刚和自己较完劲，做了许久的心理建设，准备放下因为家里事情引起的所有的负面情绪，全身心地投入到工作中去，现在居然一个工作都没有了。那时候我特别焦虑，觉得无处发泄自己的不安情绪，那时候考虑更多的已经不再是实现梦想，实现自我价值这类“高大上”的事情了，而是要养家，要挣钱，要生活下去，因为我是家里的顶梁柱，这个生活的担子，我必须得挑。

但这大千世界感觉就是在和你作对，你越想干啥，越干不了啥。在当下，当时的我并没有看得那么明白透彻，只是简单的“责任”二字促使我继续做下去！而且必须得接到工作！必须得挣到钱！这是很现实的问题，因为家里已经山穷水尽了，我和爸爸通电话时，

爸爸不经意间告诉我，他的卡里就剩几百块钱了。

我听了之后半天说不上话来，心里就像被人拿着锤子狠狠地重击，心里还是在闹着别扭，想不明白生活怎么一步一步就被我过成了这个样子，自己没有能力照顾家里人，还因为妈妈医疗费的事情，欠着哥们的钱，虽然他们都了解我的境况，没有催着我还，可是作为一个大老爷们，我心里总是觉得很不是滋味。

在颓废中，我被自己的负面情绪缠绕着，找不到出口。时间一天一天地过去，我根本没有心思去看外面的世界发生了什么样的变化，我只是每天都躲在自己的那片乌云下，眼睁睁看着自己一步一步走得越来越尴尬。明明经历了与妈妈离别的事情，变得更加成熟了，可为什么还是就这样放纵着自己，把自己的人生演成了一出“闹剧”。

打定主意重整旗鼓之后，我开始振作起来，本来早就计划要发唱片的事情，因为妈妈的事情无限期延后，我想既然要从头再来，那就从音乐这条路上重新出发吧。于是，我首先开始和公司争取发唱片的机会，我就在这样的状态下，天天做歌，每一周，我会发两首原创的歌曲、歌词、歌曲阐述、编曲想法等到部门总监的邮箱里。我心里就是这么想的，我自己争取，我感动你！总会等来一个机会的吧。

但是，事与愿违的是，每周发出去的歌曲邮件都石沉大海，我从来没有收到过回复，情况比我预计的还要难堪，但是我已经开始迈出这一步了，就不打算半途而废，而且，更重要的是想一想自己面临的经济状况，还想尽快挣一些钱寄给爸爸，好让他多少能够有一些安全感，所以，我开始变得“死皮赖脸”，每次发一封邮件，我都会再发送微信给总监，介绍歌曲的情况、来由，总之就是“硬推销”自己。

做这些事情的时候，我自己心里也是挣扎了不下一百回，信息编辑了一遍又一遍，斟酌着每一个字眼，手指在“发送”键上迟迟按不下去，每次发完信息，心里都是打鼓一样，但是，所收到的效果也并不比之前更好，换回的经常是半个月后的回复：“好！”

到那个时候，我才大致明白了自己所处的境地，才对自己当时的情况有了一些清晰的理解。第一，你的商业价值急速下降，降到了领导不用上心的地步了，自然而然，领导会把更多的精力放在其他更有价值的事情上。

第二，当时的小毛孩真的是小毛孩，刚入社会，并不懂得人际关系是靠自己去把握维持的。对于领导更多的是从小家里对自己的教育那一套，当作老师一样，毕恭毕敬，其实这里面也存在了如何沟通的问题。

不过话说回来，在当时情况下的我可真的想不了那么多！我只是觉得自己太糟糕了，怎么上天还要这样对我，为什么总是对我这么不公平，把妈妈从我身边带走，难道还要把我最热爱的音乐事业也抢走吗？我每天陷入自己给自己设置的这样无用的坏情绪中，人逐渐变得焦躁不安。

我每天无所事事，杂乱的环境，空无一人的房间，我开始动不动就发火，摔东西。实话实说，住在31楼的我好几次看着下面，好想结束这一切，觉得就这样闭着眼睛，往下一跳大概就不用再这么痛苦了吧。

被自己的这些情绪吓到了，我开始上网搜索怎么解决这些情绪问题，套用网上介绍的一些症状，我觉得网上所说的和我的症状特别像——焦躁症。看到这三个字，我变得更加歇斯底里。因为从小到大我都是一个活在蜜罐里的孩子，我很幸福，我记得以前还曾用特别看不起的语气和别人说："抑郁症？这算啥病？就是自己作死，那根本就不是病。"

等到自己也有了同样的病症之后才发现，之前的自己真是太无知了，但我还是发自内心地看不起现在的自己，怎么可能自己会变成这样？我偷偷一人去了医院，死要面子的我没有和任何人提这件事情，包括远在老家的爸爸，不想让他操心，更不想让他从失去妈妈的痛苦中刚出来，又陷入对我的担心中。

从医院出来，我攥紧手里的那一个确诊病历，想老天真的是很会和我开玩笑，因为病历上面清清楚楚地写着:“中度抑郁症”。原本以为一切不幸运的事情就到此为止了，不会再有了，可是，我又必须接受自己患上了抑郁症这个事实，那时候的感觉真的是糟糕透了，感觉自己掉进了一个旋涡里面，一直无法出来，每次感觉自己调整好状态后又会出现新的问题。

重复着被痛苦伤害，重复着被打击折磨。

我不知道应该和谁去倾诉，也不知道谁能理解我这种痛苦。有一次在机场，登机前给爸爸打电话，本来只是想报个平安，没想到没说几句话，我忽然就有些情绪崩溃，哭了起来，我赶忙挂断电话，努力平息自己的情绪。过了二十多分钟之后，我重新给爸爸打回电话，想解释一下自己刚才为什么哭，但是我还没张口，就听到电话那端爸爸的抽泣声，我一下子呆在了原地。

原来爸爸接起电话听到我哭着挂断电话之后，他一个人在屋子里也忍不住哭了起来，哭得比我还伤心难过。

机场人声嘈杂，我却只是觉得四周一片寂静，当时我就在心里狠狠发誓，今后在外面不论我发生什么事情，哪怕掉胳膊，断腿，也决不让爸爸知道，不让他为我担心，爸爸的哭声就像鞭子一样抽在我心上，疼，太疼了。所以，我觉得我必须得走出来，必须从绝望情绪的峡谷中爬上来，我不能就这么被动地等待，我必须自己拯救自己，也只有我自己才能把自己拉回到阳光下。

我不再垂头丧气，也不允许自己一直这么郁郁寡欢下去，我不知道前面有什么在等着我，可是我必须往前走，即使悲观、绝望的情绪仍旧拖着我，我也要尽力地去试一试。前面是山，那我就翻过这座山；前面是河，那我就蹚过这条河；前面是堵墙的话，那我就砸穿这堵墙。我相信所有的难熬的日子都将会过去，我现在所有的努力，不是为了别的，只是为了让我身边陪伴我的人，不再因为我，而始终在黑夜中徘徊，迟迟等不到天亮。

越来越活得像自己

今年的我渐渐从之前的迷茫中走了出来，虽然还是会有一些时候觉得有点无所适从的感觉，但已经不会再像前两年那样不知所措了，我开始慢慢适应了自己的生活，慢慢习惯了自己现在的处境。我觉得人生就是由一个章节、一个章节所组成的，我在上一个章节中，故事也许十分精彩，但在下一个章节中，我所演绎的人生故事也许乏善可陈，或者晦涩无聊，但是我照单全收，因为这些都是我人生中的一部分，是我将来回忆中的点点滴滴。

当然，每个人都希望给自己的故事写上一个漂亮的结局，我也不例外，但我更明白为自己添加漂亮收尾的人是我自己，所以，

当我面对生活中那些糟糕的时刻，我知道这些都是暂时的，这些挫折和泥泞只是途中的小小考验，我知道我接下来应该做什么，我知道自己走在对的道路上，应该往哪个方向前进。

在刚参加完《快乐男声》的比赛，我觉得自己的生活变得焕然一新，能够在通往梦想的道路上大展拳脚的时候，突如其来的变故让我一下子不知道该怎么去适应。在那段无法克服压力的日子里，我变成了一个令自己讨厌、无法接受的人，幸好时间慢慢教会了我释怀，让我学会了放下。

林清玄写过一段话:“一个人面对外面的世界，需要的是窗子；一个人面对自我时，需要的是镜子。通过窗子能看见世界的明亮，使用镜子能看见自己的污点。 其实，窗子或镜子并不重要，重要的是你的心。你的心明亮，世界就明亮；你的心如窗，就看见了世界；你的心如镜，就观照了自我。”

生活也许会一糟再糟，但世界依然不会迎来末日，冰冷的夜晚再长，第二天的太阳也会照常升起。我们以为奄奄一息的生活，其实一直在生生息息。不需要去羡慕别人的日子，也不需要去记恨自己的今天，我们必须非常努力，才能在追逐梦想的钢索上保持平衡，不至于掉落下去。

所以，在2016年，我觉得自己越活越像真正的自己，不去期待什么好运气，也不去质疑糟糕的过去，我开始把心态放得很平稳，我知道生活每一天都是新的，就像几米在书里这样写的："我担心你不快乐。虽然我也常常不快乐，但是，我还是希望你能够永远快乐，天天有灿烂的笑容。你总是担心这个，担心那个，因为这个世界有太多的不确定性，你又那么缺乏安全感，但你总要长大，学会应付这一切，对自己说：Don't worry，be happy。"

一次很偶然的机会，我接到了公司一位工作人员的电话，说一个剧组打电话去公司，指名道姓地邀请我去试镜。

我当时有点傻了，那个戏是一个很热的IP，男女主角都是当红的演员，这样一个大制作的剧，居然会主动找我去参演，而且让我试的角色还是男二号，在戏里很重要的一个角色，虽然我嘴上答应着一定按时去试镜，但心里始终还是不敢相信的。

到了那天，我去到试镜的场地一看，去了很多的专业演员，还有许多是当红的艺人。我觉得自己胜算不大，如果换作是之前颓废时的我，可能站在门口看一眼，就会干脆放弃走人了，但是我现在和之前的心境有了很大的不同，我觉得既然得到了这个机会，就努力去争取，哪怕最后和这个角色失之交臂了，也不会后悔。

在去试镜之前，我就为那个角色做了很充足的功课，试镜很成功，我表演完之后，那个戏的制片人对我特别满意，和我说这个角色十有八九是属于我的，因为这个制片人之前看过我在央视上的一个演出，觉得我很适合那个角色，再加上我试镜时的状态也很好，所以就让我安心回去等通知就好了。

这个无疑就是天上掉下了一个大馅饼砸在了我脑袋上，我觉得自己事业的希望又来了，幸运又一次降临到了我的头上。不过当时我也在心里提醒自己，这件事情成功了固然好，那我就好好把握，但如果没成功，也是应该的，本来也是不属于我的，因为我完全没有为这次的机会做过任何争取，完全就是很偶然得到的一个机会。

试镜没几天过后，又发生了情况，这个戏的男一号是韩国艺人，所以这个戏面临着换主角的风波，一番折腾之后，这个“馅饼”果然又飞走了，我又白高兴了一场。不过，我并没有因为这件事情给自己造成任何的低气压，反而带给我不少的自信和勇气，我看到了自己在被别人认可，在我所不熟悉、所不够专业的领域，有人会主动向我抛出橄榄枝，这在我看来是对自己一个极大的激励。

有了这一次的尝试之后，我对本就感兴趣的影视表演更加上心，有机会就会琢磨应该如何诠释角色更深层的东西，想让自己准备得更充足，这样在下一次机会来到面前的时候，我才能牢牢地抓住，当下一次有人再找我拍戏的时候，我不会因为心里没底就说自己不行，不会演。我会很自信地把自己能够展现出的最好的一面展现给他们看。

在我 23 岁的生日会过后，我的粉丝团的人发信息给我，说看到我生日会当天的状态很好，她们很开心，也希望我能一直保持这样开心的状态。

其实她们并不知道我那段时间处于一个很尴尬的状态，工作上有许多问题一件接一件等着我处理，许多事情进展得都不如预期中的顺利，总之是有些焦头烂额，心烦意乱。但是，我不会把自己生活和工作中这些不好的情绪展露出来，因为我觉得这些都不是什么大不了的问题，最终都会一件一件处理好，解决掉的，只不过是时间长短而已。

以前的自己性子特别急，总是害怕来不及，害怕时间被耽搁，觉得和别人一比，自己走得实在是太慢了，就好像在一条赛道上，别人已经跑得看不见影子了，我才刚刚起步，所以，那时候的我特别焦虑，特别紧张。但是现在的我不会这么想了，我觉得没什么好担忧的，也没什么好焦躁的，我现在不想因为别人的任何看法和意见而把自己的生活丢掉。

我很认同陈坤哥在他的《突然就走到了西藏》中写过的一段话："古人云'既来之，则安之'。这句话是很有道理的。命运把我带到了这个地方，是有它的深意的。我不能因为它将我脱离了原有的轨迹就狂躁不安，甚至放弃。人生是一条很长的路，我们每个人都是行走的人，无论你走得好与不好，你都要走下去，面朝前方走下去，心态积极地走下去。"

既然我认准了我现在所走的这条路，那我就不会再犹豫，也不会回头，我就一直向前走，因为前方有我的梦想在。对我来说，比成功更重要的是，我能为了自己喜欢的事情而一路奋战，我不是为了别人而活，我是为了自己而前行，我也不是为了变成别人那样而活，我是为了成为更好的自己，为了成为内心当中那个真正的自己而活。

当二十年后的宁桓宇回过头再看二十年前的宁桓宇，无论二十年后的宁桓宇是否成功，但能看到这二十年中，自己每一天都在成长，这就足够了。

所有的苦吃到最后，都是甜的

我有一次开车经过收费站时，一名和我一样帅的交警把我拦了下来："同志，例行检查，请出示驾照、行驶证。"我急忙下车递给了他。

"宁桓宇？"帅气的交警看了看我，"是那个宁桓宇吗？"

处女座闷骚的内心促使我一本正经地点了点头："你好！"

交警诧异地举着驾驶证，认真和我本人做比较："这不是你吧？不像啊，本人怎么胖了这么多啊。"

我感觉有一排乌鸦从我头顶飞过，脸上挂着尴尬的笑容，但是真真实实听到了自己心碎的声音。

那段时间，我的确是胖了不少，体重达到了 150 斤，脸上肉乎乎的，一上镜感觉整个镜头都被我的脸撑满了。因为那时候满满的负能量，每晚失眠，在身材上也懒得注意，就这样一胖再胖，直到有一天，我洗完澡站在镜子前面，看着镜子中那个一脸没有生气的自己，突然很生气，自己怎么变成这副要死不活的样子了？以前那个快乐、自信、阳光、开朗的宁桓宇去哪儿了？

或许就是这样，在某一个时刻，人的想法就会突然有了很大的转变。在那之前，你还觉得生活没有乐趣，人生没有希望，但就是那一个刹那，电光石火之间，你就会彻底扭转自己之前的颓废，想要重新站上自己之前跌落的地方。

所以，随后我就立刻开始减肥，每天大量运动，节食，在最短的时间瘦了回来。每天饿得头昏眼花的时候，我就会提醒自己：这么一点苦都吃不了，还能做什么？看着体重秤上的数字每天都在减少，心里除了喜悦的快感之外，更多的是找回自我的那种自信的感觉，觉得自己在慢慢回归到之前快乐、勇敢的自己。

瘦下来之后，我出去见朋友，大家都非常惊讶，觉得我怎么能在短短二十几天的时间里就瘦这么快。我说其实没什么秘诀，只要你下定决心去做一件事情的时候，就一定能够做到，但是我不鼓励朋友们效仿我，减肥还是要循序渐进，一步一步来，太激进很容易伤害到身体。我之所以选择在这么短的时间内让自己快速瘦身，其实还是在和自己较劲，我在证明给我自己看，我还是能够做成一件事情的，我还是能够因为做成一件事情体会到成就感。

这也算是我自己给我自己的一个励志，我不是一个喜欢灌心灵鸡汤的人，我觉得那些虚无缥缈的语言对于处于低潮中的人来说根本不起任何作用，因为外界的任何作用力只是一个辅助的作用，真正推动你自己站起来的动力是来自你的内心，只有你自己想要站起来，你才能学会如何靠自己的力量从跌倒的地方爬起来。

距离比赛三年的时间过去了，我即将迎来第四个年头，我也从二十出头的年纪，转眼过了二十三岁的生日，我的境地并没有比最糟糕的时候好很多，但在我看来，一切多多少少还是在朝着好的方向转动，在我看来这就够了。生活是一个过程，起起伏伏，高高低低，就像心电图一样，以前我会抱怨，为什么我要吃这么多苦，但现在来看，我之前所承受的那些东西，都是我人生中的财富和积累，正是因为我经历了那么多的事情，才让我今天更加懂得珍惜和感恩。

在参加《快乐男声》海选的时候，我唱了一首难度比较大的《走钢索的人》，唱完之后，心里一半激动，一半忐忑，然后评委席上的陈坤哥就给我当头泼了一盆冷水，他很严肃地看着我说："我不认为你做得非常好，这个是什么呢？因为每一个人在成长的过程中，因为你的外表让人喜欢，唱得也不差，专业也不错，唯一要收敛的就是，你本身要安静，真正地谦虚。所以，因为你太优秀了，我送给你的是离开。"

虽然当时我还是惊险过关了，但是陈坤哥在当时对我的那一番话，一直是我日后的一种鞭策，一种动力。我觉得爱分两种，一种是很慈爱，一种是很严厉，陈坤哥对我的关爱就是后者。我始终记着陈坤哥的话，不论是在事业上，还是生活中，我觉得都是一种警醒，现在的我，越来越能明白那段话真正的含意，我为自己的年轻付出了代价，而这代价也终是教会了我成长。

我在慢慢把自己的内心打造得强大，更强大一些，一个人在通往梦想的道路上，实在是有太多的东西阻碍你前行的脚步了，在你觉得自己快要泄气的时候，就去想一想自己之前所承受的挫折和失败，已经走了这么远了，难道要半途而废吗？我不会选择中途退出，因为我不甘心自己的梦想还没实现，自己就很𡰪地选择放弃。也因为我非常热爱音乐，我觉得这是我愿意一生坚持的梦想，我不想这么早就认输，就回头。

记得去年有一次去外地演出，飞机晚点了，我到北京之后已经是凌晨一两点钟。我打着哈欠，一脸疲惫地拎着随身带着的一个装着零食的红色购物袋，溜溜达达地从出口走出来，忽然被迎面而来的一堆“长枪短炮”给围攻了，闪光灯把我晃得大脑一片空白，一时之间，搞不清楚到底发生了什么事情。

我一边向外走，那些人还在不停拿着相机朝我这边拍过来，我当时心里一边犯嘀咕，搞不清楚状况，一边拉低帽檐，当时没想到会有这么一堆人突然出现，所以我在飞机上脸也没洗，满面油光，形象特别不佳。我特别纳闷，自己最近这么不红，基本没什么可拍的啊，这些人怎么突然对自己变得这么热情，让我有点找到了2013 年比赛时的感觉，心里还有点小激动呢。我干脆把头仰起来，想反正都被拍到了，干脆大大方方让大家拍个够吧，不就是脸油点吗，回头 P 一下照片就好了。

当我还沉浸在自己胡思乱想的小世界里时，当时有几个和我很熟的粉丝，他们朝我走过来，我一脸蒙相地看着他们，他们明白我还没搞清楚状况，就凑到我耳边，低声告诉我：“桓桓，再过十

分钟，李易峰出来。”

“哦——哦——”我恍然大悟，难怪大半夜会有这么多人，这么晚了还守在出口不走，按照常理来说，也不可能是来接我的。弄清楚原因之后，我放心地上了车，准备回家了，我身边站着的一个粉丝还小声和我说：“那个，我等下也去看一下李易峰，你别生气啊。”我特别“大度”地挥挥手：“没事啊，去吧，去吧。”身后还有李易峰的几个粉丝指着我小声地互相问：“那是宁桓宇吗？啊——真的是宁桓宇啊——”

我也笑着跟大家摆手：“你们好啊，你们好。”心里想着别人家的粉丝也是粉丝，多发展一个是一个。

后来我把这个故事当成段子讲给朋友听，朋友说你现在心真大。我听了笑得更开心了，如果换作之前的自己，我可能会因为这一个小小的意外“插曲”而郁闷好几天，觉得自己人气下滑了，没人关注了等，但是现在的我真的不会去在意这些了，想要被别人所欣赏，首先要自己能够具备这种魅力，我不会着急，慢慢充实自己，先变成自己喜欢、欣赏的那个自己，自然会遇到更多喜欢自己的人。

有的时候，生命中出现一些苦涩并不可怕，老天让你承受这些，是为了让你能够在将来成为更好的人。只要你在吃苦的时候保持耐心，不断充实自己，变得比昨天，比前天更好，更坚强，那么你所吃的苦到最后，都会化作嘴里的一丝甘甜。

不用着急，你想要的，岁月最后都会大方地给你。

Chapter 3 还好，我生命中有如你们一般的人

最好的爱，从来都是坦白

可能因为男人天性中的某些东西，在情感交流方面，男人与男人之间总是不如女性之间那样自然流露出亲昵无间的感觉。就拿我和爸爸来说，我们父子两个在一起，大多数时候总是正襟危坐，聊聊天，喝喝茶，特别一本正经的。我到成都读书的时候，每次往家里打电话也是打给妈妈，有什么心事也是和妈妈讲，但是却很少和爸爸联系，即便找爸爸，也是说了没几句，就会让他把电话给妈妈。

我和爸爸之间这种“相敬如宾”的关系，我后来分析很大一部分原因是在我小时候，爸爸对我太严厉了，我从骨子里特别怕他。虽然在我成年之后，他变得比之前慈祥多了，但是“童年阴影”对我始终是一个影响。我性格中有很敏感的一部分，观察力比较强，这个主要和我从小与爸爸“斗智斗勇”有关，在长期的“斗争”中，我积累了丰富的经验。小时候，爸爸对我管教很严格，尤其是在学习上，每天晚上都会让我在家做完几套卷子才能睡觉。

放学前在学校里，我会提前把老师布置的作业都完成，回到家以后，再做爸爸给我发的卷子。那时候，同学们都很好奇，觉得我平时在学校里好像也不是很用功，一下课就去操场上踢足球，为什么考试总是能考得很好。因为他们都不知道，我每天回家后要承受什么样的“高压训练”。

虽然很不想做卷子，但又不敢光明正大地和爸爸作对，我就只能走迂回路线。晚上吃完饭，七八点钟的样子，爸爸就会把要做的卷子放到我的书桌上，然后为了不打扰我做题，他就会出门遛弯，或者串门，一直到十一点钟左右回家，检查卷子，监督我洗漱，上床睡觉。

一开始的时候，我还会老老实实地坐在桌前写卷子，但时间久了，我发现爸爸把卷子附带的答案随手塞在抽屉里，然后，每一次等爸爸出门了，我就一个人在家，看电视，玩游戏，各种疯玩儿，等到快十一点钟的时候，把答案从抽屉里拿出来，快速“依葫芦画瓢”填写到卷子上。我小时候也很精明的，是个“心机 boy”，每次都会故意填错几道，在卷子上涂涂抹抹的，等爸爸回来，把卷子交给他，就溜去睡觉了。

前几次都没有被爸爸发现，还对我每一次交的卷子都很满意，因为我总是把正确率保持在百分之九十五左右，现在看来，我从小就是一个对自己要求很高的小朋友，就算是抄答案，也不想让自己低于九十分。

但是，几次之后，爸爸发现了猫腻，他也没有声张，继续不动声色地安排我在家里写卷子，他出门去遛弯。等我玩儿够了，看时间差不多了，准备从抽屉里再翻出答案照抄的时候，“惊悚”地发现答案不见了。预感到大事不妙的我，赶紧在家里到处翻找答案，但是爸爸藏东西的水平比我找东西的水平要高一截，我翻遍了整个屋子，都没有找到答案。眼看着就要到爸爸回家的时间了，只好坐下把卷子胡乱写一通，结果自然是不用说的，错误百出，被爸爸狠狠揍了一顿。

不过，收敛几天之后，我还是会继续翻找被爸爸藏起来的答案，可谓“与爹斗，其乐无穷”。其实，我从小到大一直都很怕我爸爸的，可能因为爸爸当过兵，身上有一种不怒自威的气质，他有时候即便没有在生气，语气稍微严肃一些，我就会觉得心里害怕，想钻到妈妈身后躲起来。

调皮捣蛋的事情我从小没少干，一旦被爸爸发现肯定逃不了一顿打，说起来，我从小也是被“锤炼”大的。上初中的时候，表哥来贵阳读书，借住在我家，他平时就和我住一个屋子。那时，表哥喜欢在电脑上玩儿单机游戏，我就喜欢坐在他旁边看他玩儿，像小粉丝一样欢呼，鼓掌。

每次爸爸一出门，家里没人的时候，我们两个就把电脑打开，玩儿得特别嗨。因为爸爸每次回家都会吹着口哨,他还没走到门口，我们就知道他回来了,赶紧关电脑,坐到书桌前装作写作业的样子。但是有一次，爸爸突然悄无声息地回了家，他开锁进门，走进卧室一点声音也没有，当时，我正坐在表哥身后，全神贯注地看他打游戏，时不时助威叫好，完全没注意到爸爸已经站在我们两个身后了。

“你们在干什么？”爸爸在我们身后突然幽幽地问道。

差点把我们两个吓死,当时那种惊悚的感觉,比见到鬼还害怕，我至今还记忆犹新，不用说，当天又是挨了一顿打。

我和爸爸之间类似于这样的小事数不胜数，讲好几天也讲不完,现在想想,我小时候挺对不起爸爸的,总是惹他生气,和他顶撞。在我上初中最叛逆的那段时间，我根本不去学校上课，每天打架，离家出走，染个大黄毛，戴个大耳环，和社会上一些青年天天混日子。有一天，我回家后，我爸爸拉着我说不能看我这么下去了，要把我送到行走学校去。

我当时一听，就跑到我家厨房把案板上的菜刀拿起来，我和我爸说你想让我去行走学校，想都别想，不可能，要不你就让我今天死在这儿。

我爸当时看着我，眼神里全是伤心，我看着他哭着回到卧室，现在想想，我那时候真是坏，居然可以那么对爸爸，说出那么狠心的话伤他的心。

残忍一点来说，我和爸爸关系的逐渐融洽是因为妈妈生病，在老天突然将一个巨大灾难扔到我们家的时候，作为家里的两个男人，我和爸爸责无旁贷地承担起了这份责任。从小被爸爸教育男人要有担当，要有责任感，所以家里的事情一出，我就想我一定要承担起这个担子，给妈妈治病，照顾好爸爸。而爸爸也在想他要发挥家长的作用，照顾好妈妈，照顾好我这个儿子。

在彼此都尽量想为对方承担的情绪中，我更懂得体谅爸爸，爸爸也更加地理解我。我记得妈妈去世后的第二天，爸爸去医院拿回放在缴费处的银行卡，口气还带着开玩笑的感觉和我说卡里就剩了几十块钱。

那种苍凉又故作乐观的语调让我一时语塞，我知道从今往后这个世上，家里就只有我们两个人相依为命了。在我有空的时候，

我回家去看爸爸，爸爸总会兴冲冲地做一桌子菜给我吃。刚开始吃的时候，话还多一些，但吃着吃着，两个人就不约而同地沉默了下来，整顿饭吃下来，就只有筷子碰碗碟的声音。

没有妈妈的家已经是不完整的家了，就算我和爸爸再小心翼翼，也是难以避开这个现实。我觉得我和爸爸就是妈妈的爱在这个世上的延续，我们两个一定要每天都开开心心的，这样妈妈才能安心。

我也是慢慢体会到的，最好的爱，一定要坦白讲出来，我们总是对自己爱的人说："我很爱你，只是你不知道。"这样没用，如果你真的很爱一个人，那就一定要让他/她知道你的这份爱，只有让你爱的人知道你的爱，你的这份爱才有真正的意义。所以，我现在常常会对爸爸表达我对他的爱，我希望能够让他知道，虽然我一年到头陪他的时间少得可怜，但是我心里始终装着他，不论我人在什么地方，心总是和爸爸在一起的。

猴年的时候，我过年回家和爸爸待了几天，过十二点就是农历的十二月十二了，爸爸的生日到了，他又老了一岁，本想给他说声生日快乐！但此时我们已睡在各自的房间，听着他的鼾声，格外踏实、幸福、静心！我蜷曲在南方这怎么都焐不热的被子里敲击手机键盘,在朋友圈发了一条"情意绵绵"的祝福语:"心中有你，能做的不多，对我而言，把这些熟悉的味道，你最爱亦我最爱的农家小炒肉带走，放在心上，时不时拿出来品品！足矣！生日当天，我便离开！没有蛋糕，你又滴酒不沾。给你什么礼物呢？就像现在这样，我在你怀里，听着你的鼾声进入梦境吧！那个梦一定很美好。它在对你说：生日快乐！”

希望他第二天一早醒来就能看到。

一年到头，和爸爸见面时间总共加起来超不过十天，对他，对我，两个人内心都充满着牵挂。但正如他给我说，也如我理解的一样，男儿就应该志在四方，牵挂就放在肚子里，爷们儿，就憋回去。

陪伴与守护是漫漫之行，在余下的日子里，我会用自己的爱，陪伴爸爸每一天。我知道自己可能不会有妈妈做得那么好，但是我会尽自己最大的努力，用自己最大的爱，守护爸爸后半生。

做兄弟是缘分，不用客气

青春是什么？是当初打死不相离，现在看似童真的兄弟情！是所有每个与你人生轨迹相重合的人与你之间发生的磕磕绊绊。其中有欢笑、有悲伤、有打闹、有感动，当你经过岁月的洗礼，不经意间怀念时，记住，这就是你的美好青春！所以，每个人不要再成天抱怨你身处何地，又有着怎样无聊的人与你一起工作，因为这就是我们的青春。

老实说，最近我和好哥们之间的联系越来越少了，见面也少了很多，首先因为大家工作都很忙，天南海北的，很难碰到一起；其次好像到了某个阶段之后，人就变得没有那么想要和朋友整天待

在一起了，不像十几岁，高中时候，每天都想着怎么和好哥们出去玩儿，出去疯。

现在，也就是我心情不好，或者生病的时候，发一条朋友圈，好哥们会在评论里打趣我，吐槽我。平时他们都一个一个地销声匿迹，但是当我有事情，或者需要他们的时候，他们总会第一时间出现。我觉得这就足够了，大家彼此都把友情放在心里，用成年人的方式互相关心，这就是兄弟。

如果某个时间，大家凑巧都在北京的话，那就会约到一个地方聚一聚，有时候会在咖啡馆，有时候会在谁的家里，我一般都不让他们来我家，因为出于处女座的洁癖和收纳癖，我很难容忍别人把我家搞乱，不过兄弟们也都很理解我。每次和他们一起疯过之后，我会觉得放松了不少，烦心的事也没那么放在心上了。

我虽然不是一个十分内向的人，但也不是一个特别善于交际的人，我总是习惯顺其自然地发展我与别人的关系，不会特别刻意地去经营所谓的“人脉”“社交圈”之类的东西，我觉得自己特别不擅长去做这些事情。和我关系好的人始终就那么几个，我很珍惜与他们之间的友谊，因为我知道随着我们的不断成长，身边留下的人和事会越来越少，那些始终留在身边的人，一定是非常重要的。

刚来到北京的时候，我和白举纲他们住在一起，那时候粉丝的热情还是最高涨的时候，经常守在我们住的地方外面，我们每一次出门几乎都是用跑的，我们在前面跑，粉丝在后面追，跟马拉松赛跑似的，场面还是有一点小壮观的。我们就一边跑，一边回头笑，粉丝撵在我们后面，想想那个场景还挺逗的。

还有一次，我、白举纲、于湉和左立四个人没有活动，就约着去大悦城玩儿。于湉想去选一副眼镜，我就陪他在店里挑，白举纲和左立站在店门口聊天。这个时候，走过来一个戴眼镜的男人，他认出了白举纲，立刻迎上前说："小白，小白，我好喜欢你，我能和你合个影吗？"

当时小白觉得自己状态不大好，上镜不好看，就婉言拒绝了。本来这件事情没什么大不了的，一般人都会理解的，打个招呼，说声再见就过去了。但是那天的那个男人态度很强硬，还带着点冷嘲热讽的口气。白举纲性格也很耿直，没有和他妥协，后来，左立和那个男人合影了，但是那个男人还是不依不饶的，结果最后，那个男人突然来了一句："我就是这个圈子的，看我回头不写死你。"

那个男人离开之后，白举纲和左立进到店里来，把刚才发生的事情讲了一遍。当时，我们从店里出来，一边下电梯，一边讲，我听得莫名其妙的，连声问："怎么了？到底出啥事了？"在我还没搞清楚到底发生了什么事情的时候，那个男人不知道从哪儿又冒了出来，指着白举纲的鼻子，特别凶地说：“你给我等着，等着我写死你。”然后就很快离开了。

当时我一头雾水，不知道突然出现的这个男人说的话到底是什么意思，直到白举纲和左立两个人你一言我一语把这个事情讲清楚，我才听明白刚才发生了什么。当时我就上火了，满商场去找那个男人，准备和他掰扯掰扯这个事，想问问他凭什么这么不尊重别人，还恶语相向。

当时，他们三个人拉都拉不住我，我暴走起来也是很吓人的。白举纲拼命拦着我，劝我别激动，万一我真和那个男人起了什么冲突，过几天新闻爆出来，肯定都会写我人红是非多，在商场和粉丝发生口角冲突什么的，到时候肯定会给我惹一堆麻烦。但是，当时我什么也不顾，想不了那么多了，就觉得有人欺负我兄弟，我得帮我兄弟出头。不过，最后转遍了整个商场，也没有找到那个男人，我这才被他们拽回了家。

后来，在于湉的建议下，我们让白举纲给公司的工作人员打了电话，说了这个事情，提前做个准备，万一那个男人真的写了什么不好的报道，我们也好有所应对。不过最后什么事情也没发生，那个男人没再出现，也没有什么不好的报道出来，这件事情就像是一个可笑的闹剧一样草草地收尾了。

我想那天如果后来真的被我找到了那个男人，我肯定不会就那么算了的，我的性格就是这样的，欺负我，我可以忍，欺负我兄弟就不行，我忍不了。而且就事论事，那件事情，那个男人本来就做得很无礼，我去指责他也是无可厚非的。

我真的是发自内心地觉得我一定要好好珍惜身边的朋友，因为世界这么大，茫茫人海中，人与人之间能够走近这是一种很大的缘分，我很珍惜这样的缘分，在兄弟中，我总是那个特别想为大家做点什么的人。有一次，花花回了北京，约我们大家聚一下，我们几个就找了一个咖啡馆聊天。那天,那个咖啡馆客人还挺多的，包间里都满了，我们暂时只能坐在外面，来往的人总会盯着我们看来看去，我们也觉得挺不自在的，正巧我们对面的一个大包间里只坐了两个人，我就想和他们商量一下，问问他们愿不愿意和我们换一下。

其他人都有些不好意思，觉得别人在包间里坐得好端端的，忽然被“请”出去，可能会有点不情愿，就让我再等一下，没准儿一会儿那两个人就走了。可是，又等了好大一会儿，那两个人还是没有要走的意思。我就直接走进包间，跟那两个人说我们一堆人在外面感觉不方便，想换进包间里来，他们愿不愿意和我们换。

我话还没说完，那两个人就说他们很快就要走了，然后没过五分钟，他们就起身离开了，我们一帮人换进了包间里。之后我们还时不时说起这件事，当成一个好玩儿的哏来讲。

生活中类似这样的小事还有很多，我对待朋友总是很直接的，如果我想和一个人交朋友，就会对他掏心掏肺，很真诚，把自己有的都给他，我交朋友从来都是走心的，我不会去考虑和这个人做朋友是不是能给自己带来人脉等，这些我都不会放在心上，我觉得这些不重要。有的时候，会有人叫我出来吃饭，说这个局里有谁谁谁，认识了之后交个朋友，以后能帮忙什么的。通常这种情况，我能推掉的都推掉了，为了利益去和别人做朋友这样的事情，我实在不习惯去做，而且也做不来，常常会把场面搞得很冷，因为在我心里，朋友之间是不说这些的。

对于朋友、好哥们来说，彼此之间相互坦诚、尊重、平等这是最重要的。在我交朋友的准则中，朋友之间一定要有最基本的尊重和平等的态度，我和快男的兄弟也说过我的这个观点，我说我们大家在一起玩儿得好，是缘分，但是如果有一天，我觉得我们之间的关系变了，变得不纯粹了，不像之前那样简单了，那我就退出，因为我受不了，也不想接受曾经很真的关系变得虚假。

当时，我就是这么直接地说的，我没想着把自己的观点藏着掖着，我觉得既然大家都是好兄弟，就不用客气，玩儿一些虚的假的，那就太没意思了。心里怎么想的就要怎么说，没必要那么累。

我们每个人都有各自的生活，都在为了追求自己的梦想而奋不顾身，在青春的这段道路上，我能够遇到和自己交心的朋友，在我什么都没有的时候，他们陪在我身边，其实他们本可以不用理会我的，但是他们用自己的真心包容了我。在他们面前，我想犯二就犯二，不用客套，不用客气，正是因为这一路上有这帮朋友在，我才没有在逆境之中变得麻木，能够有勇气去面对。

我相信，每个人来到你的生命中，都是有其深意的。也许某一天，我们会彼此告别，也正是因为如此，我很珍惜陪着我在生活里摸爬滚打的好兄弟们，还好有你们，让我觉得生活还不是那么的不公平。

笨拙的喜欢，也是爱

爱情，其实就是青春的一个个冲动、不成熟拼凑而成的，它不会东倒西歪，但随时会濒临坍塌，可恨、可歌、可泣，即使遍体鳞伤，也会不顾一切，因为，我们无处安放的青春。我大概算是比较早熟的男生吧，因为长得比较“突出”，班上许多女生都喜欢找我玩儿，那个时候的我小屁孩一个，懵懵懂懂的，什么也不懂，就觉得自己人缘还不错，和班上同学关系都挺好的。那时候，我同桌是一个女生，人长得挺漂亮的，我还蛮喜欢和她聊天的。

同桌女生也常常给我讲她的一些“小秘密”，今天哪个师哥向她表白了，昨天哪个师哥给她递情书了。我也会给她分析一些男生的小心思，帮她挡情书，给她和某个男生之间传话，现在看来，我那时候就算是同桌的男闺密吧。久而久之，我觉得自己越来越在意自己在同桌女生面前的形象了，我开始注意自己的穿着，开始喜欢照镜子，喜欢去模仿一些比较耍帅的动作。

青春期的一次小小的“心动”，当时还费了我不少的心思，绞尽脑汁想怎么自然、不露痕迹地制造和她两个人相处的机会。我找各种各样的借口，下午放学后送她回家，早上上学的时候去她家楼下等着，和她一起上学，就是为了能够在从她家到学校的那几百米，和她单独相处。

现在想一想觉得我那时候还挺懂得追女孩的套路的，大概属于“渗透战”，为了能够多和她待上一会儿，我几乎天天放学很晚才到家，然后就被我爸拎起来一顿揍。虽然最后这段“心动往事”无疾而终，但是每每回忆起来，还是觉得那时候青涩、美好的中学时代很值得留恋。

大概因为不懂，所以也不会心疼。那时候每天揪心、难过的小细节，长大后想起来觉得特别可笑，就像看小孩子过家家一样。穿着宽大校服的年纪，脑子里关于爱情最大的概念就是“喜欢”，每天满脑子里想的就是怎么才能让自己喜欢的人注意到自己的喜欢，常常会因为对方一个眼神就高兴半天。

爱情，是一个分量很重的词，我曾有过一段时间很久的恋爱，从穿着白 T 恤在操场上牵手，到我站在聚光灯下，她守在电视机前，一度想过我们就会一直这样彼此牵着对方的手，不会放开。但是现在来看这段恋情，也只能感慨一句相见恨早。

为了这段感情，我们两个人都倾尽所有，在青春里义无反顾地相爱，可是最终，我和她还是没能经受住时间的考验，最终在大雨滂沱的路口失散了，看着彼此的身影消失在远方。我不知道是因为太年轻，所以留不住爱情，还是因为太爱了，所以没能赢过年轻。

分手后一段时间，我一度觉得自己不懂爱情了，之前满嘴的“恋爱套路”都没用了，不明白为什么两个曾经那么爱的人，会在最后，关系脆弱得就像一根头发丝，轻轻一碰就断得干干脆脆。我不是很喜欢看爱情电影，我觉得那些都是骗人的，都是编剧虚构出来，赚取观众眼泪的。真正现实中的爱情怎么会有那么多的巧合和回头，如果现实中相爱的人，都像电影中的男女主人公一样，历经时间，还能在人海中找到对方，那这世上大概会少了很多失恋的眼泪吧。

我一直都很羡慕爸爸和妈妈之间的爱情，当年他们俩年轻的时候，是爸爸主动追求的妈妈。那时候，爸爸刚退伍回来，参加工作，当时单位的一个领导特别看重爸爸，觉得他人长得帅，也聪明、灵活、踏实、能干，对爸爸特别关照。那个领导有一个妹妹，和爸爸差不多年纪，所以那个领导就一直都想撮合爸爸和他妹妹在一起。

但是，爸爸单位另一个领导也很喜欢爸爸，有事没事就找爸爸吃饭，喝酒。有一天下班后，爸爸和这位领导回家吃饭，在家里见到了我妈妈（因为这位领导是我的一个亲戚），结果爸爸就对妈妈一见钟情了，展开了一发不可收拾的追求之旅。每天都去妈妈的单位对妈妈“围追堵截”，还给妈妈起了专门的“小名”。大概是被爸爸的真情打动了，妈妈最终答应和爸爸交往，但也有可能是被爸爸“纠缠”得没办法了，只好同意交往，进行缓兵之计，没想到就此被爸爸套牢了。

我长大后问爸爸当年怎么那么笃定地追求妈妈，因为爸爸的家庭是农村家庭，而我的姥爷当时是县长，妈妈是县长的女儿，两个人之间的差距不是一丁半点：爸爸从小砍柴、做饭、做农活，妈妈从小有专职的一对一的保姆照看，什么家务都不需要做；爸爸以前的早餐是一分钱的馒头，妈妈吃的是五角钱的米粉，他们完全是两个世界的人。

爸爸和我说："我看准了，她是我的女人，那我就要定了这个女人。"语气里没有一丝迟疑，就这样，他们幸福地走到了一起。结婚后，外界有很多难听的舆论声，说爸爸攀高枝什么的，但是爸爸都没有理会。

姥姥和姥爷都特别喜欢爸爸，认可这个女婿。古话说得好，他们过的桥比年轻人走的路还多，他们知道什么样的女婿靠得住！孝顺，勤快，在他们眼中就是最大的本钱。

的确是这样的，一个退伍分配到普通单位的毛头小子，就在结婚后，一点一点，靠着自己的努力，给了妈妈许多的第一个：全县城第一家铺地板砖的，当时基本家家户户都是水泥地；全县城第一辆摩托车……

为了妈妈的幸福，爸爸付出了很多，做了很多事情，也许他的付出在今天看起来微不足道，但是那个时候，对于他和妈妈来说就是浪漫。为了能够给妈妈带来更好的生活，让妈妈更幸福，爸爸一直努力地工作挣钱，不上班的时候，他就开中巴载客，还和我姨夫一起卖自己搭配的酱油，甚至为了和妈妈在一起，不惜和那个想介绍自己妹妹的领导闹翻，哪怕丢了前途，爸爸也要和妈妈在一起。总之，爸爸为了妈妈做了无数同龄人都不曾去做的事，目的只有一个，就是要让妈妈幸福。

在妈妈生病之后，爸爸衣不解带地照顾在妈妈的病床前，对妈妈无微不至地关心着。我每次看到爸爸守在重病的妈妈身边，心里都会忍不住问自己，如果这件事情换作是我的话，我会比爸爸做得更好吗？我心里没有答案，也是从那时候起，我知道爱一个人，并不是嘴上说说那么简单的事情。没有落实到柴米油盐、日常琐事上的爱情，大概都是空谈，算不上真正的爱情。

可能现在这个社会发展得太快了，什么东西都讲究效率，爱情也不例外，就像是速食面一样，打开即食，都忘记了怎么去珍惜。可能这一分钟你还在对一个人念念不忘，下一分钟你就开始将目光瞄向另外一个人了。大家忙着去邂逅，忙着去追逐所谓的爱情，但其实都没人愿意给真正的爱情一个走进自己世界里的机会。

木心那首《从前慢》，以前读到的时候不懂，觉得一生那么长，怎么可能只爱一个人，现在懂了，真正地用心去爱，一生的时间，也不够用。

记得早先少年时，大家诚诚恳恳，说一句是一句。

> 清早上火车站，长街黑暗无行人，卖豆浆的小店冒着热气。
>
> 从前的日色变得慢，车、马、邮件都慢，一生只够爱一个人。
>
> 从前的锁也好看，钥匙精美有样子，你锁了，人家就懂了。

以前觉得爱情就是要追求心跳，现在更加体会到了相濡以沫的不易，平凡的岁月中，平凡的我们，能够每一日都相互陪伴在彼此左右，清早喝一杯冲好的咖啡，深夜说着晚安，挽着彼此的手进入梦乡，这就是最美的爱情了吧。

我很感谢在我的生命中，有这样一个陪伴我度过灰暗岁月的女孩，在我心情最低落，人生际遇最难堪的时候，她没有嫌弃我，始终陪着我，在我妈妈弥留之际，她陪我一起守在妈妈身边，和我一起照顾妈妈，给了妈妈许多的安慰和温暖。在我都很嫌弃我自己的时候，她始终给我最大的鼓励。我不知道我们是不是在对的时间，遇到的对的人，但是我知道在爱情的时间里，我们都为了对方，努力付出。

年少时的爱情，笨拙而用力，难以避免地在爱情中互相伤害，美好和伤痛总是轮番地出现在那段记忆中，当那段情感最终需要我抬手告别时，我甚至都没有来得及好好道一声再见。现在再想起那段日子，还是希望当日的所有伤痛，都会慢慢在时间中淡化。

当年的所有笨拙的相爱，现在想起来全是青春的年轮，记录了彼此的成长，最终让我学会了如何去更好地守护爱。

放在心里，才会去靠近

粉丝的喜爱和支持对我来说一直都是很重要的，是我继续在这个行业坚持下去的一个很大的动力。从比赛开始到现在，许多粉丝一直对我不离不弃，支持在我身边，不论我发生什么事情，不论我是消沉还是处在低谷，就算我很久没有曝光率，人气一直在持续地下滑，支持我的粉丝也始终没有选择离开我。

我“发福”的那段时间，我自己照镜子都觉得我丑，忍不住想要鄙视自己：现在怎么丑成这样了，当初的美少年哪儿去了？

可是我只要出去，在机场遇到粉丝，她们还是会对着我一个劲地说：“桓桓，你好帅啊，好乖啊……”我都胖到150斤了，脸圆得像年画里的娃娃一样，跟帅一点都不沾边了，但是她们就是一如既往地在我身后给我支持，给我鼓励，觉得我是好的。

妈妈刚过世的那段时间，除了亲人和朋友的陪伴之外，给我最大安慰的就是我的粉丝们，她们会在微博上、网上不断地安慰我，给我留言，鼓励我早日走出失去亲人的痛苦。我觉得我生命中能够出现这样的一些人，是我的福气，不论我变成什么样子，她们都不会嫌弃我，也不会放弃我，她们会陪着我渡过难关，看着我一点一点恢复成最好的自己。我好的时候，她们会为我高兴，我难过的时候，她们会为我落泪。

在喜欢我的粉丝心中，我大概是被放了一个位置的，所以，她们才会和我靠近。我也想为了她们，努力坚持下去。我现在虽然比之前活得更明白一些了，知道生命很多事情该放手就要放手，该争取就要争取，我一直在积极地调整我自己的心态，想让自己尽快跟上时间流逝的步伐，但有些时候，我依旧会感到无能为力又有些尴尬，总是会有那么样的一些时刻，让你觉得生活怎么总是不顺，刚有一点起色，就会出一个绊子，刚觉得看到一点希望，就会有一盆冷水浇下来。

反复几次，心里也忍不住会烦躁，但是我不会考虑放弃，很多事情没有做好，但是我知道自己一直在尽力，可能在我人生的这个阶段，冬天的时间就是要长一些，那我就多穿一点保暖好了，日子总会暖和起来的，春天总会来的，路还很长，我必须学会在难走的时候，自己给自己鼓劲，更何况，我身后还有那么多粉丝始终在支持着我。

和粉丝的关系一直很亲近，有时候遇到，也会相互开玩笑。有一次我刚下飞机，在等车来接的时候，和几个熟悉的粉丝聊天，其中一个小粉丝特别焦急地看着手表，说:“桓桓，你的车什么时候来啊，张艺兴快要下飞机了。”

我当时故意拉下脸，做心碎状，说:“我还在这儿呢，你这样说合适吗？考虑一下我的感受好不？”

那个小粉丝特别有意思地急忙辩解:“哎呀，不是啦，好了好了，我先把你送走好吧，可是张艺兴真的快到了，桓桓，你的车怎么还没到啊……”

我看她着急得不行了，就不逗她了，让她赶紧走了，但是她还是坚持把我送上车，才一路狂奔回去。

和粉丝之间的互动和关系，像朋友，像亲人，经常在机场见到一些自己的老粉丝，因为她们喜欢我很久了，我们就像是老朋友一样，随便聊聊天，开开玩笑，觉得特别自然。我从来没想过自己还能有什么魅力，吸引到什么人喜欢自己，但是通过参加《快乐男声》这个比赛，让那么多陌生的人都认识了我，觉得我能影响他们，给他们带来一些东西，这个对我来说是很重要的一件事情。所以，每当我做出一些成绩，或者取得一些成就的时候，我就很想和他们分享，让他们知道自己喜欢的人是值得他们喜欢的，始终在坚持不懈地努力工作和生活的，能够带给他们正能量的。

我总是说自己是一个很传统的人，因为在我的思想里有很多传统的东西在。举个简单的例子，现在许多的年轻人整天晒微博朋友圈，我总结了一下，大概意思就是几类：1. 晒吃的；2. 晒东西；3. 晒旅游。

发一组特帅特美的海景或城市风光或乡间小道，说一大堆文艺范儿的话，目的就一个：“我来泰国了”，“我来美国了”，“我去新西兰了”，“北海道真美”。我觉得我写完这段话，估计会得罪一大帮人，包括我自己——对的，我，就是一个最喜欢干发一段文字配图片这种事儿的人。

但是，是这样的，我觉得无论什么事情，我们需要有个度，懂得分享是美德，但一天五六七八条朋友圈的轰炸，我觉得是对自己朋友的不尊重。我们需要知道没有人想知道我们在哪儿干吗了，更没有人去羡慕你活得有多洒脱，况且，真正的洒脱是活给自己看。

所以，走到哪个让你兴奋、感动的地方，吃到哪个让你味觉大开的食物的时候，第一时间我们去用身体感受这个陌生的地方或东西带给你灵魂深处的冲击。抓住它！因为它只有一次，就是第一时间。等你拍完照再感悟，已经没了那份美好。也许图片永远在手机里，但抵不过内心受到冲击后的那份刻骨铭心。最好的密码箱就是你的大脑。

也许你会问:“这与刚说的传统观念有什么关联啊？”你可以当作我是情到深处，随口一说的一堆大道理，但到此我不得不提出我自己的观点：这就与我们的传统观念密不可分！因为现在的90后、00后太崇洋媚外了。好的东西我们自然应当吸收，但已经被大家传变了味儿。我去了美国走在第五大道上，也并没有感觉到纽约人有什么不一样。主要是，我们自己的心变了味儿。

对于我自己而言，我对自己的要求还是很高的，不管怎么说，自己现在算是个公众人物，被许多人认识，尤其是小孩子，他们喜欢我，就会不由自主地以我为他们做事、说话的一个标准，一个模仿的对象。那么，我希望自己呈现在他们面前的，是一个积极向上、充满阳光正能量的形象，这样对他们的人生也会是一个推进的作用。如果我出现在公众视野中的总是消极、低沉、负能量爆棚的形象，那些喜欢我的人也许会受到我的影响，这是我特别不想看到的，会觉得自己对不起自己身上担的这份责任。

我每做一件事情之前，都会考虑一下自己做的这件事情，会不会造成一些不好的影响，比如我有的时候发微博之前，都会想一想措辞，我知道自己的微博有很多人在关注，我不想因为自己的一个不当心，把一些负面、不好的东西留给别人看。

有一次，我在微博上看到一条新闻，是很恶劣的事情，当时我很气愤，觉得做坏事的人应该被大众所谴责，所以我转发到了我的微博上，但是没过一会儿，我还是选择把那条微博给删掉了，因为我在转发的时候，前面的评论中加了一句粗话，我觉得这样还是不好，我还是希望大家在面对一些不好的事情的时候，能够理智、有效地面对，而不是先去宣泄自己的不满情绪。删掉这条微博就是不想让自己一时的激动情绪影响到其他人。别人对我产生不好的理解是次要的，主要还是担心自己的一言一行会影响到喜欢我的人。

我始终感恩，不论生活怎么令我一再地跌跟头，但我身边始终都有一群让我感到温暖的人在默默地支持着我，陪伴着我。活了二十三年，我现在不得不承认自己在很多方面能力有限，但是这样一个不完美，有很多缺点的我，这几年一直被许多人默默地喜欢着，关注着，我发生任何事情，他们都支持着我，我会觉得何德何能，自己能够被这么多人无条件地爱着，所以，我一定要好好加油，不能让他们失望，也不能让自己失望。在生活这个不可逆的过程中，我只愿自己不断沉淀，积蓄能量，成长为更好的自己。

为什么我一再经受打击还是要继续朝前走，不肯停下，因为我还不愿意投降。回头看看这几年经历过的各种事情，也会对自己说："其实也没什么，看看这些当初以为过不去的难关，现在不是也都过来了吗？"既然选择了眼前的这条路，就该知道自己要具备怎样的勇气，还好，在我的身后一直有许多人给予我掌声和祝福，我知道，在所剩的路上，我只要头也不回地向前走就好了，那些将我放在心里的人，他们会始终在背后支持我，我应该更加竭力去拼，为了他们，更为了自己。

不放弃，只为了那些爱我的人

工作停滞，无人理会的那段时间，觉得一切都物是人非，心里特别感伤，觉得自己之前拥有的梦想突然之间无影无踪了，觉得自己之前追求的一切都离自己远去了，觉得现实中自己不管怎么付出努力，都不会收到回报，然后就渐渐地心灰意冷，觉得既然这样，那自己还何必去努力呢，干脆就这样过一天是一天好了。

然后，有一次机会，我回到了四川音乐学院，当时放暑假，学校里几乎没有什么人，一个大姐骑着摩托车从我旁边经过时，不住地回头看我，然后我就听见到她一边骑车走远，一边说："宁桓宇哟，这不是宁桓宇吗？"当时我挺惊讶的，也有点意想不到，我也认出了那个大姐是之前的宿舍管理员，没想到自己这么久没有回学校，居然还有人能够把我给认出来，挺意外的，也挺感动的。

我想有什么过不去的呢，今年我二十三岁，我的人生还有下一个二十年，下下个二十年，我只要自己勇敢地去经历就好了，在各种经历中获得与累积。三年前，我不会想到自己是现在的样子，但是我现在想起三年前的自己，只是觉得还幼稚得很。这三年的时光，我在经历中学会了成熟地面对各种人和事，我知道了生活最难的，就是不骄不躁，要顺其自然地去面对，去经历。

我常和别人说，我自己现在变得越来越现实，觉得以前总是挂在嘴边的“梦想”“未来”“理想”这些话，都特别缥缈，看不见，抓不着的。现在的自己，可能是因为经历了许多的事情，所以对世界和未来都有了一个冷静的认识，梦想依然还在我的心里，我也不会放弃追求梦想的权利，但是现在，我会更加踏实、稳重地走好眼前的每一步，我会周全地应对接下来的每一个决定，因为我知道，这样才是对自己、对梦想最负责任的态度。

外婆在去世的一个多月以前做了一个梦，然后她就说一定要帮我去庙里上一炷香，但是那个庙在古镇里面，当时外婆的身体很虚弱，她就拄着拐杖一步一步走到庙里，坚决不让任何人背。外婆说想在走之前为我做些事情，她说她一定要用自己最真诚的那颗心去为我拜，她就一个台阶、一个台阶地往上爬，到庙里为我上香，想让我以后好。

在我外婆去世的当天晚上，我在她身边，外婆虚弱地躺在床上，眼睛微闭，但是她心里还是在关心我，她问我说："孩子，你要不要吃点水果？"这句话还没说完，她一口气没有接上来，就那样过世了，我是眼睁睁看着外婆离开我的。外婆直到去世，也没有看到我变好,没有看到我变得优秀起来。这是我人生中非常遗憾的事情，小的时候，虽然很悲伤，但并不能真正理解离别的意义，现在长大了，尤其经历了妈妈的事情之后，我更加透彻地懂得了亲人之间诀别的这种痛苦。在《快乐男声》的一场比赛中，我为外婆演唱了一首歌，我希望天上的她能够听到我的歌声，知道我现在在为了自己的音乐梦想而努力，让她知道我已经不是几年前那个不听话、不懂事的宁桓宇了，我想让她知道我特别后悔自己当年让她为我担心，如果她能够听得到，如果她能够看得到，我想和她说，外婆，我真的很想你。

现在，如果有人问我不断坚持和努力到底是为了什么，我会说一半是为了自己，为了让自己变成这个世界上更好的人，更独一无二的人，更从容不迫的人；另一半原因就是为了那些那么爱我的人，我只有不断向前走，向着梦想前行，才能不辜负他们对我的爱，

才能更好地回报他们对我的爱。在对未来感到很迷茫，不知道该怎么办的时候，我就会想起那些爱我的人对我的帮助和关爱，心里就会想自己不能放弃。以前的时候，可能不是很懂得好好珍惜自己的时间和人生，所以现在更不能自暴自弃，要拼命努力才行。

在微信朋友圈里，有一天，我看到大学同学转发的一条关于川音人怀念的100件事情，挨个看过去，很多事情我都有印象，其中提到了一个“笛子哥”。我还在学校读书的时候，这个“笛子哥”就是一个传说，他每天晚上都会在学校的一座桥上吹笛子，风雨无阻，每一次吹一两个小时，都快成学校一道固定的风景线了，直到“笛子哥”毕业了，大家再也听不到他的笛声了，才觉得那是特别怀念的事情。当我看到第四十九条还是第五十条的时候，发现写的是我，写的是:“自从宁桓宇去参加了快乐男声的比赛，晚上的时候，学校里再也听不到鬼哭狼嚎的声音了。”因为我之前住在寝室里，喜欢和同学一起闹，到了凌晨一两点钟的时候，还不休息，还在开嗓啊，练声啊，乱吼一气。

当时看到这里，心里特别感动，特别感慨，没想到自己还会被学弟学妹们怀念。悲观的时候，总觉得自己内心充满失落、迷茫，觉得自己不被任何人关注，但其实仔细想一想，有那么多人始终爱着我，我没什么好失落的，况且，我的坚持是为我自己的人生负责任，如果我有自己想要坚持去做的事情，那在这件事情还没有做到之前，我就没有不去努力奋斗的理由。

和朋友在一起聊天，他们有时会问我：“你最近怎么样了？”

我说：“还能怎么样，就那样呗，瞎忙。”我当时事情很多，但都没有头绪，整个人陷在一种焦灼的状态里，出不来，也没有方向。

朋友同情地看了我一眼：“打个比方啊，你别介意，假如你以后不行了，你打算怎么办，有没有想过？”

我赏了他一个白眼：“你才不行了，会不会说话！”

朋友一脸“你懂的，少装”的神情看着我，我们笑一笑，就换了下一个话题。其实我想过啊，有一天，我的事业始终没办法上升，我在这个行业中的工作越来越少，能够想起我的人也越来越少，我要不要换一种活法，做点别的，没准比现在活得更自在，更潇洒，更舒适呢。

但是，我不想选，这个世界，所有人都在拼命赶路，好像生怕错过什么，其实，就算拼命，也不一定能搭上梦想的末班车，这个世界就是这么现实，不是所有人都能心想事成的。我不知道自己会不会最终是幸运的那一个，但是我知道，自己起码是永远不会放弃的那一个人。铆尽全力往前冲，在命运降临的选择上，很多时候只能依据实情，被迫做出并不是很理想的决定，但是生活就是这样，永远不会那么遂人意。

可能，我们会走过许多的弯路、岔路，才能最终又回到我们的正道上来。我们会耽误掉一些时间，浪费掉许多机会，还会错过很多人。可是，这就是我们每一个人的故事，那些走错的路，耽误的时间，错过的人，都是我们故事中的一部分，我们不能将他们抛弃掉，也不需要将他们抛弃掉。

2013 年的那个夏天，热浪冲天，不管我走到哪里，都被许多的粉丝和早已为我准备好的掌声簇拥着。老实说,那个时候有点飘，十九岁的年纪，突然得到了自己从没想过的一切，没什么真实感，只是觉得眼前明晃晃的一片，好像前途就此光明万丈，再也不用为任何事情担忧发愁了。

现在，在我把自己的这些经历变成文字，然后出版成书的时候，我还在恍惚，那个夏天的宁桓宇真的明白了他所经历的一切意味着什么吗？

不管怎么说，现在的宁桓宇越来越成熟，也越来越内敛。我去过了很多的城市，走过了许多的地方，见到了很多的人，形形色色，光怪陆离，生活的各个角度，我都经历过了。距离 2013 年的那个带着光环的夏天，已经过去了三年多，我越走越远，也越走越明白，生命是自己的路，不论颠沛流离，还是顺风顺水，我都不再害怕孤独。

以前的时候，我会很不适应这种孤独感，但是现在回头看一看，自己就这么在担忧害怕和慢慢踟蹰中，不知不觉地走了这么远，身后那条看不到尽头的路，眼前那条望不到边际的路，我身在其中，这是属于我自己的道路，我不能放弃。当我慢慢从孤独中走出来，学会如何从容不迫地与生活的波折抗争时，我知道，给我力量的是那些爱我的人，他们的爱是我永远前行的动力。

未来到底是好是坏，我真的不知道，也不去担忧，或许会很好，或许会很坏，但不管怎么样，我都会奋力前行的。

我不是孤单一人。

路上微光，温柔如心

我有在手机的备忘录中写东西的习惯，都是一些小片段，可能是几句感悟，也可能是一件趣事，或者是一些当时很感慨，回头再看又觉得无聊的事情。不管怎么说，也正是因为一直保留了这个习惯，才有了这本书的呈现，因为我当时和一位做出版的朋友聊天，我想到一个好玩的事情，就把手机的备忘录打开给他看，他看到我居然断断续续写了那么多，就建议我可以把这些故事整理一下，出版成书。

没想到自己会出书，这件事情完全是机缘巧合促成的。听了朋友的建议后，我把手机上的文字放到文档里，算了一下字数，居然也有不少。看着昔日写下的一字一句，心里特别不平静，那时候做的一些记录，当时根本不知道有什么用，只是下意识地写一点东西，算是爱好，也算是一份回忆的记录。

文字记录下的点点滴滴，一些往事本来我已经完全忘记了，但是得益于这一次出书的机会，我将它们从回忆的柜子里翻了出来，回想起来，全是感动。这些往事，就像是我前行路上的点点微光，虽然光亮不是很耀眼，可是却始终温暖如心。

在我参加《快乐男声》比赛期间，经历过一次被“整蛊”的事件。我生日是 9 月 11 日，那一天，我们被安排上拳击课，当时我什么都不知道，全程被蒙在鼓里，在场的媒体代表还有指导教练刘畊宏老师，还有节目组所有的工作人员，包括快男的兄弟们，他们统统都提前通了气，做好了准备，准备给我一个惊喜。

在下课测验上，我被选为了当天的“肢体最不协调”选手，那么，我就必须接受刘畊宏老师的留堂惩罚。在惩罚结束之后，我被带到了训练营的客厅，当时觉得整个气氛怪怪的，可是还是没想到自己被大家给“设计”了。正当我纳闷的时候，客厅的电视屏幕上突然播放起了大家提前就录制好的祝福视频，我看着兄弟

们一一为我送上祝福，还有妈妈和爸爸也出现在屏幕上时，我这才知道自己被“耍”了。

更让我想不到的是，快男兄弟们突然手捧鲜花，唱着生日歌，抬着一个大蛋糕走了出来。我本来就容易动感情，稍微被感动一点就会掉眼泪，当时我简直是眼泪决堤了，哭得稀里哗啦的。我没想到自己的生日会过得这么有纪念意义。

能够参加《快乐男声》的比赛，是我这二十多年来最大的一个礼物，不只让我收获了事业，更重要的是收获了一辈子的好兄弟们，我们一起唱歌，一起疯，一起闹，可能在外人看来，不太能理解我们之间的感情，总会想我们毕竟是竞争的关系，私交真的能好到亲密无间吗？

我能很肯定地说，我们真的是关系特别铁，不论外界的声音如何传我们之间的关系，但是对于我们来说，大家是一起成长起来的，彼此都见证了对方的成长过程，在比赛期间，挥洒了多少汗水，流过多少眼泪，这些都是我们之间友谊的宝贵礼物。

我们几个人平时的相处都很随意，相处最多的时候还是刚比完赛那段日子，因为总会在一起做活动，开演唱会，那个时候也发生了很多好玩的事情，其中一件事情让我记忆特别深刻，因为那件事情，我特别糗，被他们嘲笑了很长时间，现在偶尔说起那件事情来，他们也是“毫不留情”地笑我。

事情是这样的，有一次开演唱会，我和张阳阳、左立还有公司的一个同事，我们四个人到了机场，时间还早，就进了一家快餐店，打算吃点东西，消磨一下时间。当时刚进到店里，我就看到不远处坐着一个女孩子，特别漂亮，是我喜欢的那种类型，当下，我就雀跃起来，兴奋得不要不要的，偷偷指给他们看：“是不是很好看？真是太好看了——”

我现在都能想起当时的场景，当时的自己一定很花痴，那三个人就在一旁开我的玩笑。张阳阳看热闹不嫌事大，怂恿我去找那个女孩子要电话号码，留个联系方式。我虽然花痴，还不至于那么厚脸皮，而且如果被拒绝了很丢脸，我那么要面子的人，于是，我立刻正颜厉色地拒绝了张阳阳提出的这个“无耻”要求，我说：“这就不好了吧，都不认识，就跑过去要电话号码，别人怎么看我啊？”

张阳阳不死心，还是继续鼓动我：“那有什么啊，交个朋友呗。”另外两个人也在一旁“使坏”，和我说没关系的，不就要一个电话号码吗，有什么大不了的呀，等下等那个女孩子走了，你别后悔啊……

我还是继续“抵抗”，虽然心里也很想上前要电话号码，可是，觉得自己这样冒冒失失地上前，跟一个不认识的陌生女孩子要电话号码，万一被认出来简直要丢脸死了。可是那三个人还是在一个劲儿地给我做思想工作，各种劝说。公司的那个同事一拍桌子，和我说：“那什么，我帮你去要总行了吧。”说着，他就站起身来，我赶紧拉住他，还是说算了吧，算了吧。

自己在心里纠结了半天，还是决定不上前打招呼了，怪尴尬的，所以不管那三个人怎么怂恿我，我也不过去。没过一会儿，我去上了一趟厕所回来，发现那个女孩子还坐在那里，又没出息地冲他们感慨：“哎呀，真的好漂亮啊。”

看我继续犯花痴，又不敢上前打招呼，他们三个更加用劲地劝说我，你一言、我一语地把我头都说大了。人在难以下决定的时候，本来就没什么主见，再加上身边的那三个人一个比一个口才好，都把我说蒙了。这个时候，我看到那个女生在收拾东西，准备起身离开了，忙说：“她准备走了。”

看到这里，他们三个更是推波助澜地从各个方面劝我，说我现在不上前去要电话号码，老了以后肯定会后悔的，总之“吧啦吧啦”说了一大堆，终于我下定决心了，但还是不好意思自己上前，就把这个艰巨的任务交给了公司的那个同事，我让他帮我去要电话号码：“你赶紧去帮我要号码。我不好意思过去。”

那位同事胸有成竹地从口袋里掏出一张纸条，往我面前一拍，说：“我早就帮你准备好了。”我一看，那个纸条上写着我的手机号码、微信号码，还有留言：“你好，对面那个穿皮衣的男生想和你交个朋友！”

我当时都傻了，没想到自己就是去上了一个厕所的工夫，这三个人已经打算给我“牵线搭桥”了，看着那张纸条，我哭笑不得。这个时候，女生已经站起来，朝门口走去了，我还在犹豫不决，左立在一边叫：“错过了，可就再也见不到了。”张阳阳也在一旁帮腔，然后，我就心一横，把纸条交给那位同事，让他帮我把纸条交给了那个女孩子。那个女孩看了看纸条，又看了看我，把纸条装口袋里，笑了笑出门走了。

那个时候，我简直是心脏狂跳，也不明白自己怎么会做出这么夸张的事情来，不过，泼出去的水收不回来，送出去的纸条也没办法往回要了。女孩走了之后，我还和那三个“帮凶”说：“哎，刚才那个女孩看着我笑，我觉得她对我有感觉啊。”

他们三个也说那就有戏，等我们出了店，准备登机的时候，又遇到了那个女孩，女孩看见我们又出现了，撒腿就跑。后来，我还满心期待地等着女孩加我微信，不过一直没有消息，这个事也就这么过去了。当时还觉得有点小小的失望，明明觉得那个女孩子应该是对我还挺有好感的，但是不知道为什么就是一直没有联系我。事后，那三个人还时不时拿这个事儿对我调侃一番。

这两年，常有人问我：“你们2013快男的关系怎么样啊？”我都很少去具体地回应，因为很多事情不需要一而再、再而三地拿出来强调，那些事情放在自己心里就够了，没有那么多诉说的欲望，大家都成长得很快，也都有些磕磕绊绊，在外人眼中，我们似乎是在走一条光明大道，但其实我们背后的故事，又有谁知道呢。

我希望我和我的兄弟们都能够在自己喜欢的事情上坚持下来，朝着自己的理想越走越近，不管我们将来会抵达哪里，但是只要我们时刻保持初心，那就没什么好担心的了。

如果有一天，我的兄弟们看到这本书，看到这本书中，我为他们写的这些文字，知道他们对于我而言，是很重要的存在，那就足够了。我不是一个善于表达自己感情的人，总是把感谢铭记于心。

兄弟们，我知道我们都不会输给时间的，我们都会靠自己的力量走得更远，加油！

Chapter 4 不畏将来，不要辜负自己

逆风的时候，才更明白自己的方向

我曾经想过，如果我十九岁的时候没有参加《快乐男声》的比赛，那么我现在是在做什么？大概会是平平稳稳地从大学毕业，读研究生，然后留在川音当一名普通的音乐老师，定居成都，生儿育女，生活安逸，没什么可烦心的事情，也没什么大风大浪的未来。一辈子就像是一条平静的河流，缓缓流淌。

但也只是想一想而已，毕竟自己回不去了，人生没有时光机器，没办法把你送回到你希望回去的那个时间点。有朋友问我后不后悔参加《快乐男声》的比赛，当时我迟疑了几秒钟，我想在我的潜意识中，我是有一些后悔的。在我的想法中，我总是觉得妈妈生病和我参加这场比赛有着一定的关系。

在我比赛期间，湖南台为我们选手准备了全封闭的场地，平时，爸爸和妈妈根本联系不到我，他们只能守在电视机前等着看我。那段时间，妈妈总是熬夜，而且因为担心我，精神一直保持着高度的紧张状态，对她的身体也是一个伤害。

虽然我不知道癌症的发病与这个到底有没有直接的关联，但是在我心里来讲，我总是会不由自主地将这两件事情联系在一起，如果我没有参加比赛，妈妈就不用熬夜，如果妈妈不用熬夜，身体就不会出问题……

就像是多米诺骨牌一样，我觉得自己参加比赛就像是把第一张牌给推倒了，然后接二连三地，后面的牌一张接一张地倒下去，生活就慢慢地变成了现在这个样子。但是，我也很感谢命运能够让我选择参加《快乐男声》这个比赛，正是参加了这个比赛，我离自己的梦想更加接近，在妈妈生病需要大笔的治疗费用的时候，我能够承担起这个家庭的经济负担，为妈妈尽一份自己的力。所以，我想生活大概就是这样矛盾的吧，我们所经历的每一件事情都不是绝对的好与坏，我们常常会在失意的时候想“假如……”，但这样的设想是毫无意义的，浪费时间的，这个世上不会有“假如”的事情发生，在你做出选择的那一刻，你的人生方向就已经被自己选定了。

我当然知道，当初如果没有选择参加比赛，而是一如既往地留在学校，那现在的自己或许会更快乐一些，起码没有现在这么多需要去烦恼的事情。也许会每天睡到自然醒，上上课，教教学生，晚上和朋友出去吃吃饭，聊聊天，也许也会偶尔迷茫，觉得日子太平淡了，一点波动都没有，也许也会试着幻想如果当初参加了比赛，那生活会不会变得更加精彩，更加绝伦。

经历了的事情，总免不了会有缺憾，因为我们的人生就是一个不断失去的过程，一味地患得患失并不能让自己更释怀，人终究还是要向前走，朝前看的，我现在觉得我每一天都还好好地活着，都还在为自己喜欢的事情而付出努力和坚持，这就已经是很幸运了。

我不再时常进行自我怀疑，也不会再去介意别人对我的否定，因为我知道我自己要的是什么，可能我之前和自己关于未来的那个约定还没有如期而至，但我的生活并不能因为这样就被自己判了死刑。

我还是愿意去相信梦想，愿意去尝试着接近梦想，这个过程也许会很漫长，但我不会放弃。我现在渐渐从曾经封闭的那个自我中走了出来，偶尔和一些朋友喝喝咖啡，聊聊各自的生活，我才发现，其实大多数人都如同我一样，是在跌跌撞撞，不停地自我否定和肯定中成长起来的。在人生的历练过程中，原来每个人都曾质疑过自己的选择，都曾在低潮的时候想要放弃。以前，我还会为自己的低落情绪感到羞愧，不好意思和朋友倾诉，觉得一个大男人总是抱怨生活，有些丢脸。但是，现在我把自己打开了许多，我会把自己心里不痛快的事情讲出来，会学着释放自己。

人生其实就是一场自己和自己定下的赌约，有的人会赌赢，有的人会输光所有。我不怕自己会输，只担心自己在应该全力以赴的时候，没有拼尽全力。

2015 年的时候，陈坤哥有一天突然找我去他那里坐坐。其实，自从在“快男”的舞台上结识之后，陈坤哥就一直给予我很大帮助，我和他的关系亦师亦友，他会在我迷茫的时候给我很多建议，让我对自己的当下处境有一个全新的认识。

当时我因为工作不顺利，很没有自信，担心陈坤哥问起我工作方面的事情，自己无言以对，就把当时在北京的白举纲一起拉了过去，想我们两个人一起的话，好歹不会那么尴尬，万一被问到自己不知道该怎么回答的问题，场面也不会太冷，因为白举纲是一个“开心果”，只要有他在，冷场的时候，总是能自然而然地暖起来。

陈坤哥和我们聊了没几句，忽然问我："你为什么要带白举纲一起过来？"我当时低着头，喃喃说了几句有的没的的话，陈坤哥说："我知道你是怎么想的。我从你身上看到我年轻时候的影子，白举纲是我想成为的人，但是我永远不可能变成白举纲，你也不可能变成白举纲。"

我当时很明白他的意思，我们不可能变成任何人，我们只能做我们自己，虽然我们有的时候会很羡慕别人，但我们最终只能停留在羡慕的层面上。我也很想成为白举纲那样的人，每天都很开心，很爱笑，但是我办不到，我就是一个心思很重、很爱想事情的人，顺利的时候，我会担心接下来会不会发生不好的事情，不顺利的时候，我会忧心前途和未来应该怎么打算。

总之，我想得很多，有时候想太多会让自己乱，就像一个落难者，和大部队走散，一个人站在沙漠腹地，四处全是茫茫无垠的沙漠，根本看不清方向，我就像是这个站在沙漠中的落难者一样，根本找不到出去的方向。

我想人生总会经历几次这样的局面吧，孤立无援的感觉虽然不好受，但只要坚持下去，总会撑过去的。我也很希望能够成为陈坤哥那样的人，自信大胆地做自己，不接受任何形式的"绑架"，不去做自己不想做的事情，在许多事情上都有自己明确的态度，而

且也不会在意质疑的声音。

这份勇气，我想正是我需要的，但是在此之前，我需要更多的时间，让自己能够在逆风中判别出寻找绿洲的方向，也许我会走一些弯路，也许我会错过眼前的绿洲，但是都不要紧，重要的是我一直在寻找自己的方向，并且从未放弃。

全力以赴，去做真正想成为的人

我在决定做什么事情之前，会给人一种满不在乎的感觉，但是，我一旦决定要去做这件事情的话，那我一定是全力以赴的。其实，我是差点和《快乐男声》这个舞台失之交臂的，差点就来不了这个比赛。当时，在成都报名的那天，我起晚了，当时一看时间，有点来不及，就想着算了吧，干脆再睡个回笼觉好了。但是命运有时候就是这么阴差阳错，柳暗花明，当时躺在床上，心里斗争了一番，还是去了报名现场，没想到就被选上了，然后就准备去长沙参加比赛。

当时海选比赛，我抽到的歌曲是《走钢索的人》，那首歌表演难度很大，我还要一边弹琴一边唱，而且当时的时间根本不够我练习的，我马上就要坐火车去长沙，我仅有的练习时间只有一天。练习时间不够，肯定会影响比赛当天的发挥，所以，我就利用一切空闲的时间，在心里默念着谱子，默弹，手指在空气中弹奏，想尽量尽一切可能将这首歌练熟，不想当天出糗。因为既然选择了要去比赛，那就不想应付了事，想要发挥出自己最好的实力，哪怕就是输了，海选就被淘汰了，那也不会后悔。

到了长沙之后，湖南台给我们安排了两天的休息调整时间。我利用这两天时间，跑到长沙的市中心找了一间琴行，给了老板一点钱，借他店里的钢琴练习了一下，每天练两个小时，两天下来基本在心里有了几分把握。

那个琴行的老板，我现在还记忆犹新，是一个很幽默的男人，他很喜欢弹琴，但是我听了一下，弹得实在不怎么好听。我弹琴的时候，他就坐在我旁边看着我弹琴，眼神特别“含情脉脉”。我弹琴间隙休息的时候，他就和我聊天，问我来长沙干什么。我说来参加《快乐男声》的比赛。

那个老板一下子特别激动，说:“那个节目，我知道啊，你弹得这么好，肯定会火的。”当时，我只是觉得老板太会说话了，不过就是来参加一个比赛而已。后来，我海选通过，进入下一轮比赛的时候，脑海中闪现过老板的话，心里还暗暗小小地自豪了一下，想老板还真是有“慧眼”。

那段时间，我的状态特别饱满，做什么事情都充满激情，特别有干劲，我现在很怀念那个时候的自己。准备高考的时候，我每天复习文化课，从早到晚背文综，做卷子，和同学比赛着考试成绩，心里满满都是不服输的劲头。那时候，觉得全世界都是自己的，不像现在，觉得自己被全世界冷落。

人只要有一个目标，就不会迷失，就不会心慌。我那个时候就是要考上大学，所以我拼尽全力地学习，为的就是实现这个目标。填报志愿的时候，我所有志愿都填的是四川音乐学院，一点余地没有给自己留。同学都说我疯了，干吗要这么逼自己，全世界又不是只有川音这一所大学。

老师也觉得我太不理智了，班主任劝我志愿多填几所学校，何必这么赌呢，就算去不了川音，能够去别的学校也不是不能接受的选择啊。

我爸爸也说别这么疯狂，劝了我好久，让我理智地考虑一下后果，万一没考上川音，但是分数可以上别的学校，那岂不是很后悔。大家都觉得我没必要这么做，但是，我就是不肯妥协，我就要逼自己一把，我当时放出话来：“如果考不上川音，我就跳楼。”当时只有我妈妈一个人支持我，她问我如果考不上怎么办，我说那就明年再考一年好了。我妈妈说好，只要你自己决定了就去做吧。

那时候就是那么笃定，为了自己想要实现的目标，就是认定了那一条道，摸黑也要走到底。当时被别人笑太傻了，现在回头想一想，我觉得那种心态没什么不好的，少了很多犹豫和迟疑，在前行的路上不会四处东张西望，就是一门心思地朝着自己定下的目标走去，不走到绝不罢休。

还有就是我刚刚去成都上川音附中的时候，自己的普通话不是很标准，我第一天进班里做自我介绍的时候，一开口，满嘴的贵州乡音，觉得特别自卑。

“大家好，我叫宁桓宇……”当时，我话还没说完，就已经看到了下面坐着的同学在捂嘴偷笑了。我在专辑中还专门写了一首《普通话》，就是讲自己那个时候的这个经历：“不记得那个夏天我在哪儿学着唱歌，但记得那个老师对我说过不要放弃，舌头太厚，语气太差，唯一只剩下我最爱的 piano，一个暑假过后又回到那里，前鼻后韵我开始分析，活动口腔，清清嗓子，拿着台词本，我反复练习……”

因为普通话不好，唱歌不好听，不想被同学们笑，我就每天中午等大家都去食堂吃饭的时候，自己一个人偷偷找个地方去练

歌，想让自己的专业水平赶紧提高起来。拎着一个话筒、一个碟包，还有一瓶水，每天从一条小路偷偷穿过去，去教室里练歌。为什么要偷偷的，因为还是自己的自卑心在作怪，不想被同学看到自己去练歌，似乎被发现，就会被同学们嘲笑似的。有时候在路上遇到熟人，我还总是装出一副只是路过的样子，就是抱着那种一定要赶紧把歌练好，让别人没有再笑话自己的机会这种心态。那段时间，我每天都特别刻苦，这种状态大概持续了一年时间，那时候就不会去想别的，就是每天挖空心思想怎么把自己的歌唱好，特别简单的目标。

考上大学之后，我参加了《快乐男声》的比赛，每一次演唱，为的就是不被淘汰，那我就努力让自己唱得好一些，更好一些，让自己发挥到最佳状态，让自己的每一场演出都不让观众失望。

已经忘记了有多久没有全力以赴地去做过一件事情，那种拼尽全力的感觉真的是久违了。

自己想成为什么样的人，就要付出怎么样的努力，无论会遭遇什么样的艰辛和困难，只要用全身心的努力证明自己十分努力地奋斗过就够了。

现在的选秀节目越来越多，很多人提起选秀节目，总觉得是在搞噱头，并不会真的认为选秀节目出来的歌手有真正的实力。我就经常听到各种各样否定“快男”的声音，他们认为从“快男”

走出来的人都不过如此。

但是，我不想脱掉“快男”这个标签，虽然很多人对“快男”有很多的误解，但是我也不想否定“快男”这个平台，而且，我想要做的就是证明“快男”，让大家肯定“快男”，因为很多人是特别不认可“快男”的，许多人一提到“快男”，第一反应就是“小鲜肉”，长得还不错，除了颜值，什么也不会，不会唱歌，不会编曲，他们认为“快男”的歌不值得一听，包括我的一些朋友，会当着我的面说“快男”的歌不好，其实他们根本就没有听过。我和他们去 KTV 玩儿的时候，我会专门点几首“快男”兄弟出的歌给他们听，我说：“听一听，怎么样？有那么不好吗？”他们听完之后，没话说了。

有的时候，我真的会生气，会怒的，我亲身经历过“快男”，从海选到被淘汰，每一天都记忆深刻，都是成长，所以，我会很反感那些看不起我们的人，但是冷静下来，我也会反思为什么会这样，普通大众为什么会对“快男”有这样或者那样的误解，怎么样做才能让自己被更多的人接受。

现在选秀的节目越来越多，“快男”的受众面越来越小，市场的竞争越来越激烈，大众的眼光越来越挑剔，批评的声音也越来越多。但是也正因为如此，我才更加要全力以赴地做好自己，证明自己是一个可以唱好歌的歌手,再有人想要否定“快男”的时候,起码我可以拍着自己的胸脯说自己是会唱歌的，而且能够把歌唱好的。“快男”还有许多比我优秀的歌手，我们都一直在努力为自己的音乐梦想而奋斗。

能够用事实证明的，就不要申辩，因为总有一天，你的努力会铺成蜿蜒长径,通向梦想的尽头。我曾经也不够勇敢,担心会失败,害怕遇到挫折，但是，我知道所有的担忧都是无用的，我们只有让自己去尽量争取命运所给我们的每一个机会，我们才能够有可能早一日成为我们梦想成为的那个人。

你要的东西，只有你自己能给

关于你想要的东西，你只能自己争取，青春再长，也需要自己去走，去经历，不论是轰轰烈烈，还是平平淡淡，这都是你的青春，都要自己去走完。常常会在半途，举目四望，不知道自己是不是走错了方向，继而开始举步不前，茫然无措，想要向别人求助，想要让别人对自己施以援手。

陷入低谷的那段时间，我也总是很渴望能够在我生命中出现一个指引我方向的人，如果他能坚定地告诉我：“你的未来在那儿，你只要朝那个方向走就好了。”那我一定会特别坚信地朝那个方向

而去。但是，这个人并没有出现，也许，在生命中，永远不会出现这样一个人，真正能指引自己的，只有自己。

电影演员巴里莫尔说过:“人不会老去，直到悔恨替代了梦想。”

我觉得人会老去,但梦想永远不会老。我从小就很喜欢王力宏，很想去看他的演唱会，但小时候没有钱，没办法到现场去看，后来我来了北京，正巧赶上王力宏在北京开演唱会，我买了最贵的票，最好的位置去看，心里特别激动，就像完成了一直想要完成但没机会的一个仪式。

在鸟巢里，我的位置左右前后全是王力宏的铁杆粉丝，大家都特别狂热，全场响着尖叫声。我坐在位置上，看着台上的王力宏，心里特别地感慨万千，想以前自己是在聚光灯外看着自己的偶像在舞台上演唱，没想到有一天，我也能够在舞台上有一个属于自己的位置，如果有一天，能够和王力宏一起演出，应该是很幸福的吧。

我正沉浸在自己的世界里时，旁边一个粉丝把我脚边的一个发光的牌子递到我手里，冲我喊:“举起来，叫啊，叫——啊——”

我一看，周围的人都站着，举着牌子，叫得嗓子都劈掉了。我也跟着晃动牌子，冲台上的偶像尖叫，那一晚，终于切身体会到了如何做好一个粉丝的“自我修养”。也如愿以偿看到了自己偶像的演唱会，实现了自己多年前的一个愿望。

想要看演唱会，就自己努力赚钱买门票；想要去世界各地旅游，就努力做好攻略随时准备出发。你想要做什么，想要得到什么，首先要想到的是自己能不能实现，而不是第一时间想到要别人帮忙，因为你想要的东西，只有你自己能给。

写到这儿，我突然想起一件很好玩儿的事。那段没有工作的日子，因为实在缺钱，我就开始到处“混饭”吃，经常“主动”约白举纲、于湉出来“聚会”，还“美其名曰”想他们了，然后就跟着他们蹭吃蹭喝。

兄弟之间大概就是这样子，他们肯定知道我的处境，但谁也不说破，大家每次都心照不宣，哈哈哈哈——其实我笑得很心酸，那时候每天心里都特别难受，要知道，我之前是一个谁和我抢结账埋单我跟谁急的人，可是，当时我却是每一次都在埋单的时候低头，闷不作声的。

一度，我都住到了张阳阳家里，两三天都不想回自己家，因为很害怕回去以后一个人待着。张阳阳也不多说，就是整天陪着我聊天、打游戏，或者出去看看电影、吃个饭什么的。在他家里住着，至少能分散一下我的注意力，不用钻牛角尖，而且更重要的是，我在他那儿，每天吃饭不用发愁。

那段时间，我真是窘迫到了极点，真的半点不夸张，记得有一次刘畊宏老师来北京了，提出来要和大家聚一聚。

我们快男一帮子的兄弟提前到了国贸门口，大家都知道刘畊宏老师肯定会请客的，所以大家就提前商量好说我们AA，分摊这一次的费用，这样对老师也是一种尊重。

我特别记得那一天自己的心情，那叫个慌张啊，用热锅上的蚂蚁这一类俗语已经不足以形容我当时的心情了，因为我知道那个地方的人均消费水平至少在600元，当时我真的是拿不出这么多钱，那种担惊受怕，害怕等一下结账的时候自己拿不出钱的尴尬心情，现在想起来，我都捏一把汗。不过还好，最后还是刘畊宏老师执意出钱，请我们吃了那顿饭，我才免了尴尬。

也许，现在我自己都把这些事儿当成一个笑话说出来，的确，挺有意思的。但这对于当时的我来说真的算是煎熬。那种遇到了事儿，没有任何解决办法，心情差到失去理智的感觉，我是再也不想去经历了。

当然，与此同时，我也发现了一个问题：人，真的是被逼出来的！

我其实一直是个非常大男子主义的人。面子比天高！但，现实这个东西让我学会了低头。在生活都难以为继的时候，兜里已经没有了吃饭的钱的时候，我只能鼓起勇气去找老板了，因为，我的确养不活我自己了，我必须为了自己的明天，去抛下自己的面子，虽然很不情愿，但只能在现实面前低头。

第一次去见老板的时候，心里装了很多话，但是不知道该怎么说起，从小都不太善于与领导交流沟通的我，从见面上了车就开始滔滔不绝地说了起来，心里想的话像竹筒倒豆子一样统统讲了出来。记得，那天我们聊到很晚，喝了一瓶白酒，几乎都是我一直在说。哪有这么多话说，也不是我的风格啊？我的表达能力有这么好吗？其实都不是，因为，我为了这一天准备了太久，见老板说的话就像背演讲稿一样！因为我知道，这对于我来说，就是一次机会！我必须把握住的机会！

其实，现在我看来，这就是时间在教会我们成长。随着时间的推移，我们慢慢长大，慢慢会遇到自己以往根本不会遇到的问题，慢慢学会去面对一切，解决一切。当下，正在经历的你可能是痛苦不堪的，但事后你会发现，这并不是坏事。因为，你已经被现实“逼”着学会了接受，学会了改变，学会了争取。想想这些，世界依然美好。

现在所失去的，未来会用更好的与你重逢

我有的时候和圈子外的一些朋友聊天时，说到自己压力大，朋友们会觉得我在矫情，在他们眼中，艺人有知名度，挣钱比普通上班族多，还有各种机会全世界飞，这样的工作有什么压力大的呢？我不知道该怎么向他们解释自己的这种压力，这种压力不是源于金钱、知名度，或者曝光率，而是当你身处这个位置的时候，生活中时时刻刻发生的一些事情，会让你觉得自己的生活不完全属于自己。这种好像被命运绑架的感觉特别不爽，就好像自己一直要活在别人的目光中，自己不论是坐，还是站，说话或者做其他的事情，首先要考虑的是别人的感受，其次才能考虑自己。

比如，在机场的时候，常会遇到一些“突发”的状况。我正埋头向前走，旁边会有粉丝来送机，围着我，这时，一些其他的旅客看到了，也会感到好奇，就会问：“这是谁啊？”

别人就会说这是宁桓宇。

一些旅客打量我一番之后，就自顾自地走开了，但也有一些个别的人，会掏出自己的手机对着我的脸说：“嘿，看这儿，看这儿，拍个照，笑一个。”

往往这个时候，我还没有说什么，旁边就会有工作人员出来结尾，和拍照的人解释说这样不好，希望他们把手机收起来。有的人就会一脸不屑地看着我说：“嘁，跩什么跩，不就拍个照吗，以为自己谁呀？”

我真的特别蒙，我什么也没做，什么也没说，就是想去登个机而已，好端端就要被噎这么一句。一开始，我总是怕遇到这样的场面，尽量戴墨镜、戴口罩、戴帽子，把自己裹成个黑面人，让别人认不出来，就是担心万一有人想要拍照，自己处理不得当的话，会被人说这个说那个。但是现在，我觉得都无所谓了，拍照就拍照吧，既然自己从事了这个工作，就难免吸引大众的目光，那自己也就不用去想那么多。

这种情况总会发生，有时候，一些人拍完之后觉得不满意，他们会要求我看着镜头，再让他们拍几张。有的时候，一些人会想要和我合影，工作人员一般都会上前提出帮他们拍，但他们都不会理会，一定要自己拿着手机自拍。这种时刻，总是又无奈又好笑。以前的话，我可能不是很配合，但现在我都会笑着面对镜头，这些小事真的没什么大不了，笑一笑都会过去的。

我觉得成长中学到的另一方面就是笑对一切，很多事情真的就是这样，当时你看开了，笑一笑，也就过去了，如果你去较真，那这件小事也就有可能会发酵成大事，会影响你一整天乃至好几天的心情，真的没必要。两年前的我，可没有现在这样的“思想境界”，动不动就要较真，对于许多事情，总有自己的看法。

记得刚比赛的时候，也是在机场，好多粉丝来送我，当时我已经过了安检，但还是有很多人，里面人挤人的，好多人围着我。一个小女孩想挤进人群里看我，一不小心把一个四十多岁的男人撞了一下，那个男人当下就发火了，冲那个小女孩破口大骂。我听不下去了，准备过去找那个男人理论，我觉得一个男人何必那么小心眼，跟一个小女孩斤斤计较，而且还骂得那么难听。这时，跟在我身边的工作人员看到我脸色变了，知道我心里生气了，赶忙安抚我，低声在我跟前说：“算了，算了，别过去，赶紧走，别闹出什么新闻来。”在工作人员连拉带拽之下，我上了飞机。

现在想想，依然还是会对那个男人的做法感到很生气，但是我选择处理的方式肯定不会那么激烈了，我想我如果现在遇到当时的情况，我还是会去管，但不是一副气势汹汹，想要上去跟别人吵架的姿态了，我可能会采取一种更温和的方式，用聊天的方式，把这件事情化解了。

前段时间拍摄真人秀，场地外的一些游客对我们围观，大声问着：“这都是谁呀？宁桓宇呀？宁桓宇是谁呀？”然后不管认识不认识我们，反正举起手机、相机就是一通拍。有的游客可能会很有礼貌地问：“我很喜欢你，能不能和你合影啊？”其实他们根本就不认识我，不过是客气地问一句，我也通常都是很配合地拍照。还有的游客就像在动物园里逗猴子一样，举着手机喊：“看这儿，看这儿，拍一个。”

感觉自己就像是被圈起来的动物，供游客赏玩，心里觉得好笑，但也不会介意，反正就是微笑上镜就对了。

以前的自己总是不懂得和生活变通，常常让生活把自己搞得很狼狈，还找不到原因，现在学会了放下，放下一些包袱，放下很多东西，也就慢慢觉得轻松起来。我相信未来的时候，之前所失去的，会以更好的方式与我重逢。

我要做的只是不断坚持自己，做自己想要做的。

虔诚是心灯

虔诚是心灯。这句话是我在陈坤哥的微博上看到的，起初觉得很好，可是又说不清楚到底好在哪里。这两年经历了些事，慢慢品出来了，有些道理就是必须有经历之后才会明白的，在明白之前需要一段时间。如果要说我和之前的自己有什么不一样的地方，我觉得是自己学会了如何让自己更加平静，更加懂得让自己安静下来。

人生总会遇到这样抑或那样的难题，这都没什么，难的是在面对这些问题的时候,你会不会让自己保持冷静。现实慢慢教会了我，

既然有这样的事情摊到了我的头上，那我就把我该干的事情干好，至于其他的，不需要考虑那么多，做自己应该做的事情，遵循着自己的人生轨迹往前走，我的身份和责任始终在提醒我，心怀感恩，虔诚做人。

我一直觉得自己最大的优点就是知道自己想要什么，经历过初中那个叛逆的阶段之后，我便迅速地成长起来，一下子懂事了，就像换了一个人，在面对很多事情的时候，少了很多原先的偏激。

虽然这一路上，我总是会遇到各种各样的“套路”，而且很多时候，我也总是成功被“套住”，但是，想一想，也算是一种经历吧。我就是这样性格的人，总是愿意很相信别人，虽然吃了亏，但是也不愿意为了所吃到的亏，就学着总是去质疑，我还是相信这个世界是很美好的。

记得妈妈生病之后来到北京，我当时想到很现实的一个问题就是我急需要一辆车代步，妈妈的身体很虚弱，走不动路，我不能让她每天挤着公交或者地铁去医院，也不能让她站在路边等出租车，这样都对她的身体太不利了，于是我就想到了买车。

那个时候，我在成都有一辆车，是我考上大学之后，爸妈给我的奖励，刚开没多久，我想那辆车放着也是放着，就折价把那辆车卖了。拿到钱之后，我开始在北京物色二手车。有一天，我在某网站上浏览，被一条卖车的信息给吸引住了，在我当时看来，那辆车如果买了的话就太划算了，当时我很激动地给对方打电话想要去看车。

接我电话的是一个女人，声音听起来挺温和，旁边还有孩子的哭闹声，她和我说："如果你想买的话，可以过来看一下，我把车停在 ××× 路边。"

我立刻说好，还担心这个便宜被别人给捡到了，忙给那个女人说："姐，你千万把这个车给我留着，别卖给别人，我是肯定要这个车的。"

电话里谈妥之后，我就和我爸说了这个事，我爸一听我这么着急，觉得有点太仓促了，他劝我说再等等，再看看别的车，做个比较再说。但是我当时就一心想着那辆车比别人家便宜好几万，而且那个卖家的声音听起来不像是个骗子的声音，我就一分钟也坐不住了，想要立刻去提车。现在想想，那个时候真是太单纯了，光凭网上的几张图片，还有联系人的声音就觉得这事万无一失了。

我爸还是不想我这么着急，让我再想想，但是我就是担心这个车万一被别人抢先买走了，我肯定会后悔死的，我拽着爸爸一起去看车，我说："你不是老司机吗，开了一辈子车了，你和我一起去看，肯定能知道那个车到底好不好——"

就这样，我爸被我拽着去看那辆二手车，我爸围着那辆车四处看了看，看了看发动机，看了看车的内部，他说："挺好的，没啥问题。"听我爸这么一说，我就更放心了，当下就和卖家谈起了价格，当时我想为妈妈治病是一个长期的过程，能省着花钱的地方还是要省，所以我想让卖家给我把车价再便宜一些。

那个卖家一脸为难地和我说了很多，说她是因为最近一直在带孩子，没精力开车，而且家里车也多，所以才想低价处理掉这一辆不常开的。那个女人长相很善良的那种，语调、口吻都很得体，还话里话外地透露出自己家境很优越，父母都是知识分子这一类让我更加对她放松提防的信息。

我当时想了想，觉得这个车确实也足够便宜了，当下就把十几万元的车款全部转账过去，然后什么信息都没有留，只拿了卖家给我开的一个收据，就和我爸一起把车开回去了。本以为是运气好，捡了个便宜，没想到是人太傻，被骗了，还高兴地替别人数钱呢。

那辆车开回去第二天，我爸建议我去4S店做一个全面的检查，看看有没有别的毛病，我就开车去了4S店，修理师傅看了看车，当时一句话就让我愣住了，他说："你这个车撞过啊，是个事故车。"

我当时脑子"嗡嗡"地响，觉得修理师傅一定是在跟我开玩笑，看我一脸不相信的样子，师傅补充道："你这是刚买的二手车吧？你被骗了。"当时，我和我爸大眼瞪小眼，面面相觑，谁都没话说了。我俩长吁短叹了一会儿，我说："爸，你昨天看车的时候，不是说车没问题的吗？"我爸也叹气，说："我就听了听发动机的声音，觉得是正常的，谁知道这是个撞过的车啊——"

这个事让我妈还生了通气，把我和我爸一起教训了一顿，但是也没办法，钱已经付了，车也买了，我只能给那个女人打电话，我尽量在电话里心平气和地解释："姐，你这个车有问题啊，是事故车，而且才开两天，车灯就坏了，我不能花十几万买个有问题的车啊，要不我们商量一下，我把车退给你，你把钱退给我吧，少退一点也行，我亏几万也行，你看行不行？"

我这边好声好气地想尽快把这个事情解决，就听见电话那端，那个女人在那边装模作样："喂——喂——听不清——信号不好——"

再打过去，关机，再打，打不通。

我只能给那个女人发短信，我写了好长篇幅的短信，就像写作文一样介绍了我这边的情况，我说我买车是为了带妈妈看病方便，我现在真的很困难等，可是每一条短信发过去都杳无音信，石沉大海。那个女人的电话号码，我都可以倒背如流了，每天都拨打好几遍，

可是从一开始关机，到最后已经是取消服务了。这个时候，我才彻底死心，我知道自己是没办法再追讨回那笔十几万元的车款了。

之后，我妈妈在北京看病的那半年多时间里，我就一直开着这辆二手车接送她从家到医院，后来在妈妈回了贵阳之后，我找了一间车行，把这辆车贱卖了。那一次的买车就像是我人生中的一个带着黑色幽默的笑话，我现在想起那个女人来，还是不能相信她是个骗子，她当时站在我面前的样子，简直人畜无害，特别知书达理的表情。

那一次失败的“网购”经历，现在我也常和朋友讲起，他们听得哈哈大笑，但也会忍不住吐槽我:“见面五分钟就把车款全部打给对方，你是不是缺心眼啊？再怎么样也要先去店里检查一下的吧，就算买了车，也不能只留一张收据就算了吧，哎呀……”在朋友眼中，我大概就像是小品里范伟演的那个角色，被人忽悠着忽悠着就被“拐”了。

当时的心情的确挺绝望的，十几万不是一笔小钱，对于当时的我来说那是救我妈妈命的钱，而且在我给骗子说明自己的情况之后，骗子居然仍旧无动于衷，也许在骗子的眼中，我是在编故事要回自己的钱。

我一直都是只看到事物的一面性，我总觉得这个世界很简单，只要我对别人好，别人就一定会对我好。关于买车这件事情，我当时也是想得很简单，对方那么诚恳，我也这么诚恳，我们怎么能相互欺骗呢，事实最后证明，我的确是以诚待人，只不过对方并不打算这么做。

现在经历的事情多了，也慢慢学会了理性一些，以前能够始终“不带脑子”生活，无非是因为知道有家人帮我善后，不管我在外面怎么闹，家人总会将我弄乱的生活一一整理妥当。现在自己必须学会自己处理世界抛给自己的一个又一个难题，自己必须学会接受自己的无能和束手无策，学会让自己快速地成长起来，能够担当得起自己的生活，以及家人的生活。

已经不会再急躁，虽然认识到了自己的无能为力，但也认识到了自己可以做的事情还有很多，我希望能够慢慢前行，像爸爸妈妈当年保护我一样，我如今可以保护我爱的每一个人，让他们知道，我在尽力做好自己能够做的每一件事情，虽然知道世界危险，但还是依然相信美好存在。虔诚是心灯，我的心灯就是坚持自己的信念，不为外界因素所动。

道路漫长，行走莫慌

小的时候，每天都觉得自己特别厉害，幻想着有一天，自己就会如同漫画中的英雄那样变身，成为拯救世界的英雄。男孩子的幻想世界中，大概有一大半都是成为超级英雄的吧。可是，长大之后发现，根本没有所谓的超级英雄，自己没办法拯救世界，自己甚至都无法拯救自己的生活。

在妈妈刚去世那段时间里，我每天郁郁寡欢，身边的朋友会劝我："桓桓，看开一些，总会过去的。"我心里想你们都是站着说话不腰疼，失去妈妈的痛苦怎么会那么容易就过去。

工作不顺利的时候，我每天心里特别焦躁，觉得自己很丢脸，从比赛之后就一直不能再上一个台阶，尤其在看到2013年快男的其他兄弟，出专辑的出专辑，拍电影的拍电影，而只有自己，沉溺在自己的世界里，什么也没做，什么也做不了，当时特别沮丧，也是有朋友安慰我："没事儿，过了这段时期就会好的，一切都会好起来的。"我还是在心里想，这都是风凉话，只怕过段时间会越来越糟糕，你们又不是我，怎么知道我现在工作面临着多少问题呢？

总之，有很长的一段时间，我都觉得很慌，觉得自己可做的事情太少了，每天只能自怨自艾，才二十岁出头，可是心理上就像一个满经沧桑的老头子，遇到事情，瞻前顾后，想东想西，一点年轻人的朝气和冲劲都没有了。甚至我都不知道自己为什么会变成这个样子，难道人越长大，就变得越来越不像真实的自己吗？

无法克服眼前的困难，也走不出自己在心里给自己设置的障碍，不知道自己怎么变得这么畏首畏尾，想起几年前的时候，自己似乎也经历了这样一段时间，茫然，不知道该干什么，不过最终还是走到了自己想走的道路上去。

读高一的时候，我读到一半，因为我自己的原因，死活不肯在原来的学校读书，一定要转学。爸妈看着我简直要愁死了，我整个青春期就像坐跳楼机，忽上忽下，时而叛逆得无法无天，时而懂事得像变了一个人，让他们心脏都快要受不了了。

本来我刚上高一的时候还都一切正常，少了很多初中时候身上的顽劣气息，可是因为一场打架事件（下一章会详细讲述这一段），我再次被“打回原形”，成为难以收拾的问题少年。我心里别扭，就坚决不去上学，爸爸没办法，就和我商量，问我打算怎么办，心里是怎么考虑的。

我想了想，说自己想学音乐。爸爸就联系了重庆的一个亲戚，打算把我送到那边的一所学校学音乐，还让亲戚帮我在重庆联系了钢琴老师，等我过去之后，可以去找那个老师补习钢琴，为进学校做准备。一切都安排妥当之后，爸爸开车带着我，还有我的一堆行李，去了重庆。

当时一切都很顺利，很快就安顿好了，我住进寝室之后，爸爸觉得可以松一口气了，但是没想到我又不干了。

当时，我还没有开始适应新学校的环境，我就又闹着不要上学了，理由是这个学校一到晚上上晚自习的时候，太安静了，我觉得很吓人，所以不肯留在这里。这个理由是不是很狗血？我反正觉得挺扯的，不知道那个时候我为什么会想出这么一个理由，反正当时我就是死活不肯在新学校待，我自己也不知道我在闹什么情绪，爸爸被我折腾得很崩溃。

在重庆的亲戚家里，我爸问我到底想怎么样，他当时的样子又生气又无奈，可是我真的是也没有自己的主意，毕竟选择到重庆来读书是我先提出来的，现在我自己又反悔了，自己也觉得特别没脸。我记得我当时又跑掉了，在重庆街头瞎转，我那个亲戚陪着我，问我为什么不想在新学校待了。我也说不出个所以然，只是觉得不喜欢那里，莫名其妙地反感，就好像动物去到了新的土地上，一下子找不到归属感。

于是，亲戚问我想学什么，我随口说想学唱歌，因为之前自己每一次和朋友去 KTV 玩儿的时候，大家都说我唱歌还挺好听的。其实自己也只是那么随口一说，当时心思也没放在学习上。没想到那个亲戚像是被点醒了似的，说给我找的那个钢琴老师的家里，正好住了一个教唱歌的老师，我可以去试试。

就这样，我被带去见了蔡老师，我人生中声乐的启蒙老师。蔡老师是川音附中的声乐老师，当时很年轻，我第一次见他就被他的气场镇住了，觉得好帅，好有范儿。

蔡老师是那个钢琴老师的小舅子，因为放暑假没事儿，就来姐夫家里玩儿，没想到机缘巧合地和我遇到了。听说我会弹钢琴，蔡老师让我弹一曲，听听我的水平怎么样。我当然没客气，坐下就弹了一曲，那时候对自己的钢琴水平还是有点自信的，觉得参加过比赛，得过奖，但是蔡老师听完之后，一脸的不满意。然后蔡老师边弹边唱了一曲，我记得是王力宏的一首歌，听完之后，我整个人都呆了，太好听了。

我那个时候年少气盛，谁也不服，只有在见到蔡老师的时候，觉得特别佩服，想要成为和他一样的人，要说小时候有什么偶像，那我觉得蔡老师就算是我那时候的偶像，我甚至会模仿他说话的口气、举止动作。蔡老师从来不会说教，也不会用那些教条式的教学方法，他从不会限制学生贪玩，只要专业课够硬，怎么玩儿都行。当时特别喜欢和蔡老师聊天，觉得他带给我的都是正能量的东西。

很快就做了决定，我要去川音附中读书，学唱歌。做出这个决定就意味着我要离开家很远，独自一人在陌生的城市生活。虽然很喜欢唱歌，也很愿意跟着蔡老师学习，但是毕竟当时年纪还小，才十四五岁，从来没有离开家里那么长时间，每天都会很想家，一想家就会闹情绪。

那个时候，我妈妈每周都会给蔡老师打好几个电话了解我在成都的情况，恨不得立刻插上翅膀飞过来照顾我，但是不可能，她有工作，还要照顾家里的人，所以，那个时候给我最多关心和帮助的就是蔡老师。蔡老师会经常和我聊天，开导我。蔡老师当时的年纪也不过二十三四的样子，和我也有很多共同话题，我们算是师徒，也算朋友，在那段刚离家的日子里，蔡老师给了我很多帮助。

之后慢慢长大，虽然也还会想家，但已经懂得如何克制，也明白了生活不会随着你的心意而改变，生活永远有它自己的轨道，自己必须学会接受，这个世界就是有不如你所想要的那一面，这一面不会因为你不愿意接受就不存在，这一面会一直存在。这个世界会时刻充满别离，但也会有温馨的团聚，会总是出现危机，但也会有雨过天晴的那一天，会天黑，也会看到日出，会淋雨，也会看到彩虹。

我只是在这漫长的道路上，学会了淡定前行，在拥有的时候用力珍惜，在分手的时候好好告别。

PS：突然想到一个和本节主题无关的小段子，讲出来大家乐一乐。

有一次在上海，也是准备登机之前，我在休息室等着，快要登机的时候，一个小孩子跑来急吼吼地和我说："你要登机了。"我抬头看了一眼面前这个人，感觉挺面生的，好像没见过，一般来机场送我的粉丝都和我很熟了，是老熟人了，但是这个人，我完全没什么印象。我一头雾水地背着包往登机口走，身后跟了一群人对着我"咔咔咔"一顿狂拍照，我心里还挺纳闷的，自己最近也没干什么，怎么突然冒出这么多粉丝来。然后，我就看着那几个人一边拍我，一边相互讨论："哎呀，长得是有点像，是不是？"

当时我心里觉得好奇怪，看着他们像看动物一样看着我，还在心里猜测这帮孩子是不是认错人了。我正疑惑着，我一个熟悉的粉丝跟我说:“他们是张艺兴的粉丝，张艺兴刚刚飞，他们就顺道跑过来看一下你。”

“哦,哦。”原来是这样,我明白了,原来自己是“备胎”,好心塞。

说是和主题无关，但我觉得也有一点关系，我们的生活中总是会发生许多好玩的趣事，只是很多时候，都被我们自动忽略了，我们常说生活无趣，但是这些点点滴滴的小细节，都是我们生活的调味品，漫长一生，且行且会心一笑。

Chapter 5 谢谢我自己，还足够勇敢

把梦想放口袋里装好，毕竟末日还远

我做菜水平不错的，这个真不是自吹自擂，凡是吃过我做的菜的朋友，都是对我的手艺称赞不已的。这个也没有专门刻意地去学习过，就是在平时生活中，可能因为感兴趣、喜欢，自然而然地就开始掌勺，只要有朋友来我家，我都会给他们露两手。我最拿手的菜是辣椒炒肉，这个也算是我的“童子功”了。

在我六岁的时候，我做的人生第一道菜就是辣椒炒肉，这道菜算是我们老宁家的“家菜”了，总是被摆上饭桌。那时候，我个子还很小，就搬张凳子站在厨房窗口，探头出去，问楼下的妈妈什么时候应该放肉，什么时候应该放调料。在妈妈的“遥控指挥”下，我顺利完成了我的厨艺首秀。

味道怎么样，现在已经完全想不起来了，就是在记忆中还留着那个画面，我拿着锅铲，爸爸站在我身边，妈妈在楼下时不时抬头回答我的问题，每一次想起那个场景，都会让我想起一首很老的歌《记得当时年纪小》：

> 记得当时年纪小，你爱谈天我爱笑。
> 并肩坐在桃树下，风在林梢鸟在叫。
> 不知怎样睡着了，梦里花落知多少。

记得当时年纪小，梦里花落知多少。我曾经有过很多的梦想，有些很离谱，有些纯粹是小孩子的幻想，但那些梦想无一例外都离自己很遥远，当时觉得如果能实现这些梦想，自己的人生该多酷，多帅啊。长大到今天，我发现自己不会成为很酷的人，也不可能实现那些很酷的幻想，我只是一个普通的人，在普通的城市，过着自己普通的生活。我现在的梦想就是实现自己的音乐理想，但我知道这条路很难。

有时一觉睡醒，会有些恍惚，觉得自己还在贵州老家，还住在那间飘出辣椒炒肉香味的房子里，闭上眼睛，真的很希望用人生所有的梦想，去换来那一个瞬间的永恒。

每年，因为工作的关系，会在不同的城市之间飞来飞去，很短暂地停留，永远奔波在路上，就连北京的家也很少照管，每次回去都是一层浮灰，但是也懒得打扫，因为知道第二天还要再次出发。

一度很没有安定感，觉得没有家的感觉，回到北京的家里，总是我一个人，冷冷清清的，别说做饭，连吃饭的欲望也没有。回到贵阳的家里，和爸爸两个人待着，尽量各自找一些话题说一说，可是因为贵阳家里有太多和妈妈有关的回忆，话题说着说着，总会绕到妈妈身上，就一度难以继续下去。这个时候，我和爸爸虽然待在一起，但是我能够感觉得出来我们两个人心里的孤独和寂寞。

每一次几乎都是脱口而出：“我妈在的话，会……”“如果是我妈的话，她会……”“这事要是交给我妈就好了……”

刚开始的时候，的确很难适应，嘴巴里、心里始终念着的那个人，永远不在了，再也不会在现实中出现了，特别悲伤。也一度觉得梦想什么的都没用了，能够参与分享自己梦想果实的人早早地离开了自己，每一次当自己取得成绩的时候，最想要分享的那个人却看不到了，这种心情占据在我情绪中很久。

但是，没办法，有些事情阻拦不住地就要发生，有些人就是会提前从你的生命中退场，让你无处思念。我一直都知道这世界上有些事情很残酷，但是当那些残忍的事情发生在自己身上的时候，还是无法接受。

现在我要做的，就是用自己的力量把自己心里的那点悲观统统挤出去，干吗整天让自己看起来那么窘迫，那么悲摧呢，人不会因为被同情而变得更好，人只会因为自身的强大而把曾经失去的一件一件拿回来。

我不应该总在结束了的生活中无法掉头，而是应该为还未开始的生活多做一些考虑和打算。

谁都有过悲伤的事情，但是这些悲伤不应该成为我们停下脚步的理由，有些梦想，就算没办法实现，但也可以试着朝那个方向去努力一下，反正试一下又不会吃亏。

追逐梦想是一件孤独的事情，把梦想放进口袋里装好，毕竟道路漫漫，我们可以慢慢去实现。

每一滴温暖，都会惊艳岁月

成年人的世界，每个人都忙于扮演着各自的角色，我们可以共同坐在一张桌子上吃饭、聊天，脸上带着得体的笑容，但却不会知道对方内心真实的想法是什么样子的。每个人都有自己的需求，我们会经历一个又一个人，却始终不知道谁会真心地留在自己身旁，不知道明天一觉醒来，昨天还在一起喝酒、吹牛的人还在不在了。有的时候真的会觉得很孤独，因为觉得人生总是在错失。

在我二十三岁生日的时候，我收到了好朋友蒋逸风从德国发来的祝福短信：“认识也有些年头了，虽然这些年聚少离多，但是每次见面都不觉得生疏，反倒觉得找到了倾诉的对象。恨不能把未曾一起经历过的见闻事无巨细地一吐为快，但是今年有些特别，虽然之前几年也不能和你在一起庆祝生日，可现今连时区也有差异，倒也不是觉得距离远了，我知道不管相隔多远，我们都不会觉得对方触不可及，并不用什么嘘寒问暖或者客套的言语，只是一条互相打趣的微信，就可以消除我们之间相隔万里的距离，其他就不必赘言心中自然明了。只是觉得世事变化太快让我有些感慨，有些难以适应，也难免有些多愁善感，我想大概你也一样。你又老了一岁，也有了许多变化，也成熟了很多，很高兴你能有了现在的思想和眼界。我只愿你能永远随着自己的心走，不被所有世俗的累赘拉得坠入凡尘。生日快乐！（有点矫情，不过都是真心话。)”

当时我因为要准备生日会的事情，所以前一天晚上就早早上床睡觉了，一睁开眼就看到这条长长的信息差点泪崩。换作以前爱哭的自己，估计又开始抽泣了。蒋逸风真的是我很珍惜的一个好朋友，我们从小玩到大，他算是我生命中那个很重要的人，我想对他说:“嗨，接下来的路，车票我已经给你买好了。”

只是我从来没想过有聚就有散，蒋逸风在大学毕业后，为了自己的音乐梦想，选择了去德国留学。以前，虽然我们也不在一个城市，见面的机会也不多，但好歹还会觉得是在一个国家，想见面就可以随时见面。但是他一下子跑到了德国，我们中间隔了好几个时差，我觉得自己和他之间的距离一下子变得特别遥远。但是，虽然我们之间的距离远了，兄弟之间的感情并没有淡，把他的短信看了好几遍，想这个世界每天都变化得那么快，光怪陆离的，但幸好，我还有我的好兄弟在永远支持着我。

我给他也回复了长长的一条短信：“我刚起，兄弟。因为今天有活动所以睡得早。起床，稀稀疏疏就那么几个人给我的生日祝福，其中，有你的这段文字。弥足珍贵！句句戳心！大了，老了，没有以往对生日的期盼，学生时代的狂欢！多了永远解决不完的烦恼。如你所说的那样，今年，多了许多变化！我们甚至都不在同一时区！而我！已经学会了不去在意任何所在乎的人在乎的事的我！甚至连此刻你那边是几点都不知道！没关系！这一切只有你懂！今年，你远在他乡！我知道你也会面对很多的困难！我太了解你！有时候工作的时候想到你也不能打一通电话。但我觉得这就是成长。我也真的希望彼此共同成长！最后谢谢你的生日祝福。我这人，其实和你一样，注定孤独终老，但我想说，幸好有你陪伴。”

我有这样的好朋友，我觉得是上天送给我的礼物，我们在一起，我能无所顾忌地发泄自己，也能做最真实的那个自己，不用藏着掖着，只要彼此有需要帮忙的，一个电话，就风雨无阻地赶到。我每次想起蒋逸风拄着拐杖，瘸着腿去参加我妈妈告别会的样子，心里都特别温暖，我觉得我们之间的哥们友情是必须持续一辈子的。

不得不承认，我是个生性孤独的人，我就算身处很喧嚣的环境中，周围一大帮朋友在闹，我心里也会是寂静的。对于我来说，自己这两年的心态的变化，是一个很长的过程，以前的我就觉得生活太顺了，只要自己足够努力，想要的都能够得到，很好的朋友，亲人的关爱，学业的成功等，在十几岁的年纪，我拥有了全世界。随之而来的，就是我一样一样把自己世界里的东西都失去了。

很多人问过我：“现在变得越来越开朗了，是为什么？”我说没什么为什么，人总是要在一些时候逼着自己做出改变的，我既然没办法改变过去和现状，那我就只有让自己去努力适应未来。生活不会迁就我们，但是我们可以顺应生活。

尤其是这两年，身边发生太多分分合合、聚散无常的故事，看得多了，听得多了，心也似乎变得更加坚强了，但是感谢生活，总会给我一些温暖的小事，出现在我的生命中，让我觉得生活真的还是挺美好的。

有一次我坐飞机回家，我买的是经济舱，飞机起飞后，一名

空姐走过来和我说:“头等舱客人没坐满，你要不要换到前面去?”大概是因为当时快乐男声刚播完，那名空姐认出了我，就主动帮我换位子。

我有点受宠若惊，忙点头说:“好啊，好啊，谢谢。”然后就背着吉他，和空姐去了头等舱。

还有一次，我收到了一个粉丝送给我的牛仔裤，那位粉丝还特别贴心地夹了一张小纸条在裤子里，写道:“这是欧版的裤子，大概会有些长，你可能需要去裁个边——”我后来试了一下，果然长出了一些，虽然被粉丝说中了腿短这个事实，但还是觉得有一种被小小“鄙视”的感觉。

这样点滴的事情在我生活中时有发生，一直是我珍藏在记忆中的美好礼物。

有种经历，虽败犹荣

我从小到大，总是会忍不住在心里和别人比较，小时候，考试成绩不好，爸爸就会说："你看你考的，你看谁谁谁考的。"那我就会记在心里，下一次一定要考得比那个人分数更高才行。喜欢上一个女同学，但是总听到那个女同学说某某男生更帅，某某同学更有性格等等的话，我又会在心里想，那我就要打扮得比那个人更帅，做一些比那个同学更有性格的事情出来。所以，我从小就在和别人比较，心里总是憋着一股不服输的劲头，想争取让自己做到最好。

性格总是有两面性的，因为总会想要和别人比，不想败下阵来，所以我总是会在确定自己的目标之后，很努力地想要实现那个目标，毅力会很强，但也正是因为性格很要强，常常会强求很多事情。

就说一件很小的事情，我读初中的时候，看到班上有男同学穿名牌运动鞋、运动服之类的，阿迪、耐克这样的牌子。那是我第一次知道这些牌子，小孩子对名牌并没有什么概念，只是觉得他们的鞋子、衣服都好贵。那个时候，我妈妈也总会买很贵的东西给我，可是因为对品牌没什么概念，所以不会去买阿迪、耐克这样的衣服给我。当时在学校，我就觉得自己被比下去了，其实现在看来，一件运动服、一双球鞋而已，但当时的我看来，好像就是很严重的事情。

所以，我就让妈妈给我买阿迪、耐克这些，当时爸爸、妈妈的工资并不算高，普通的工薪阶层，但是为了满足我的愿望，他们省吃俭用，总是把我想要的都给我，那时候我也不能够体谅爸爸和妈妈的不容易，心里想的全是自己的感受。后来，我也坦白地跟爸爸交流过这个问题，我说那个时候我太自私了，太自我了，考虑的全是自己的事情，一点也没有为家里人考虑过什么。

现在想想那个阶段的自己，总是想借助外力来提升自己的自信心，但其实内心一点也不强大，从本质上来说，那个时候的自己还是不够自信。现在我慢慢明白，自信不是靠穿几件好衣服，多吸引几个人的注意力就可以得到的，真正的自信是发自内心的能量，只有自己本身的力量足够强大，才能拥有真正的自信。

但那个时候，我根本不明白这个道理，更夸张的是，在我最叛逆的那个阶段，我常常会提出很多无理的要求。我明知道家里父母的收入水平是什么样的，我还要求妈妈每周必须给我买一套阿迪或者耐克的衣服、鞋子、书包，或者买一些潮牌服装，吊裆裤什么，怎么怪异怎么打扮自己。那个时候，我的自信完全来自这些东西，好像我穿着这些金钱堆砌起来的名牌衣服、裤子、鞋子，就什么都不怕了一样。

我之所以对衣服、鞋子有这么强烈的需求，是因为当时在学校，没有第二个同学会一周换一套新衣服，我做到了，所以，同学们都会注意到我，那时候的虚荣心被完全地满足了，那些衣服、鞋子就像是我和这个世界战斗的武器，穿着它们，我就可以昂首挺胸，克服自己心里始终伴随的自卑感了。

十二三岁的年纪，我也不知道自己为什么会有那么深的自卑感，需要那么尽力地去武装自己。那个时候，我看到的自己，一身缺点，我觉得自己什么都不如别人，我看不到我会弹钢琴，看不到自己成绩不错，看不到自己体育还可以，我的优点和特长在当时的我眼中，全部没有。

因为总是注意一些乱七八糟的事情，心思根本放不到学习上了，每天就是想着怎么让自己更帅一些，或者怎么让妈妈给我买一些一般同学不会有的东西。那时候，已经有几个同学开始用手机了，每次看到他们用手机，我心里就会很羡慕，那时候我零用钱很少，因为爸爸对我管得很严，我根本没钱买手机，而且爸妈也不可能给我买手机，“还在读书的小孩子，用手机多影响学习”。我都能想出他们会在我提出要一部手机的时候说些什么。

正巧，妈妈那段时间换了手机，她的旧手机放在抽屉里，我就把那部手机偷偷翻出来，拿到营业厅办了手机卡，每天拿着那部手机偷偷玩，给同学发短信什么的。

因为上了初中，功课多了，为了便于监督我好好写作业，我爸总是会在我放学后，让我在卧室写作业，不许关门，他坐在客厅沙发上，一边看报一边盯着我。有了手机之后，为了方便玩儿手机，我申请去餐厅写作业，因为餐厅与客厅之间有一个遮挡，我坐在餐桌前玩手机，爸爸在客厅不会看到，当然我给出的理由是餐厅的桌子大，便于我堆放学习资料，我爸想了想就同意了。

把写作业的“阵地”挪到餐厅之后，我就每天假装在写作业，其实手里拿着手机不停地玩儿。没过几天，我爸觉察出不对劲了，他又对我搞了一次“突然袭击”。有一天，我正和同学发短信聊天，聊得正高兴，浑然忘我的时候，我不知怎么，忽然觉得脖子后面一冷，好像有凉风吹过的感觉，我本能地一抬头，赫然发现我爸

不知道什么时候站到我身后，正双眼冒火地盯着我手机上的短信内容，当时简直是倒吸一口凉气，不知道我爸已经在我身后站了多久了。

被当场捉住之后，“人赃并获”，我也没啥好狡辩的了，我爸把我拎到客厅狠狠教训了一通，没收了手机。这又是一次我和我爸斗争失败的案例，但我那个时候也没有反思自己，还是一如既往地叛逆，玩儿性格，让父母头痛不已。

我在初中的后半段时期，开始离家出走，次数不下十次。一开始的时候，我爸妈还会满世界地找我，到后来，他们也疲了，我再离家出走，他们也不管了，也不去找了，知道我过不了两天就会自己回来。其实我离家出走后也没地方可以去，无非就是在夜店待一会儿，去网吧玩儿游戏，累了就在网吧趴着睡一会儿，一觉醒来，腰酸背痛，但即便这样，也不想回家。

在我最疯狂的时候，还会偷偷开着我爸的车离家出走，我很早就跟着爸爸学会了开车，当然那时候的技术也不算好，但是我胆子比较大，趁着爸爸去洗澡的空当，偷偷把他放在口袋里的车钥匙拿上，跑出去就把车开走了。等爸爸洗完澡出来，发现我不见了，跑到楼下发现车也没了。现在想想，我都能想象得出我爸那时候崩溃的表情，那个时候，自己真的是叛逆得无法无天。

在学校的时候，到处打架、惹事，总觉得做得越出格，张扬得越厉害，自己就会越自信，好像证明了青春的价值似的。从之前的勤奋上进的乖孩子，变成了一个逃课打架的坏孩子，学校里的学生总是见了我就绕着走，因为他们的父母、老师都警告过他们：别靠近宁桓宇！

那三年的经历如果被拍成电影，搬上银幕，大概就是“少年古惑仔”之类的题材。那几年真的就像着了魔似的，我总希望过一种不一样的生活，总是觉得自己的生活特别枯燥乏味，总是想效仿别人的人生，希望能够得到些什么，大概那时候的自己也是稀里糊涂说不清楚的，就是一味地胡闹。后来和别人说起自己的那段经历，很多人都不会相信，特别惊讶地瞪着我：“啊？你不会吧？看着不像啊，你现在看起来这么乖。”

其实，我内心里一直住着一个乖孩子宁桓宇，即便是在那段叛逆大爆发的时期，我也总是一面折腾，一面觉得无趣，也很想要回到以前上学下课、弹琴写作业的正常轨道上，可是心里就是有一个别扭的声音在不断阻拦着自己。

常有人说自己的青春无聊得要死，我心里想我的青春倒是充满刺激，可是如果让我重新选择的话，我一定不会再选择这样的青春过一遍。人总是经历了之后，才知道什么是对，什么是错，其实生活并没有什么特别之处，我经历的这些事情，可能在许多人眼中看来都不值得一提，但是对于我来说，这些实实在在的经历教会了我许多，让我懂得了许多。在那段失败的、不懂事的岁月中，我消磨掉了许多人对我的爱和关心，但是当我有一天突然醒悟过来回头时，发现爸爸妈妈，那些始终爱着我的人，依然站在我身后看着我，他们永远不会放弃我，即便我混账到了自己都看不惯自己的地步。

我不会悔恨那段青春，我只会把今天过得比昨天更有意义，因为那段过去的经历教给我，永远别让自己打败自己。

我的成长，是送自己最好的礼物

在我的成长经历中，有许多值得写下来的故事，我一度想过，如果将来的某一天，自己有能力的时候，也想要拍一部和青春有关的电影，因为看了这么多回忆青春的电影，我都没能看到我自己当年青春的影子。也许对于每一个人来说，自己的青春都是独一无二的，在这个世界上，大概不会有和我有过同样青春感悟的人了吧。

我现在回忆自己青春的绝大部分时期，就是四个字：不知所措。那时候的自己无论是惹父母生气，还是逃课打架，不论做任何事情，心里其实都是迷茫的，根本不知道自己做的这一切有什么意义。

对自己而言，青春就像是一首旋律崩坏的歌曲，有的人缅怀青春，可能会痛苦，可能会沉思，也可能会大笑着开玩笑，但我想起自己那段有些荒诞不经的岁月，只想默默与之握手言和。

如果我把十几岁的那段岁月中某一段经历选择永远封存的话，那大概就是接下来我要写的这段故事，因为它让我第一次觉得这个世界一点也不公平。

我初中有一次闹情绪，心里不痛快，但是又无处发泄，我就一个人喝闷酒。小孩子根本不懂得保护身体，只是觉得自己不开心，就要借酒浇愁，估计那时候故作成熟，学电影里演的那样，一瓶一瓶地往肚子里灌，结果喝得太多太猛，酒精中毒把自己喝到了医院里，需要洗胃。

身体很难受，但当时心里更难受，看着站在病床边的爸妈，当时天已经很晚了，他们一脸担忧地望着我，我虽然闭着眼睛装昏迷，可是心里却是在狠狠地骂自己，骂自己太作，玩儿什么忧愁，把自己喝进了医院，还让爸妈跟着一起担惊受怕。当时我看我妈那个样子，眼神里全是一副如果我不行了，她就也不活了的态度。我想自己真的是太浑了，总觉得父母是在强迫自己接受他们的管教，接受他们的价值观、人生观，想要将他们的人生复制到我身上，却从没想过父母对自己的爱有多深，而自己做出那么多任性的事

情，对他们的伤害有多大。

那一次经历之后，我消停了好久，也想了很多，就像是一夜之间忽然长大了似的，不再像之前那么能折腾了。在我以教师子弟的身份被安排进入高中后，我妈妈为了让我更好地成长，特意安排我进了一个班，那个班里的同学基本都是从村里、县里考上的，每天都特别刻苦学习，人都很朴实，和我以前玩儿得好的同学很不一样。我也很明白妈妈的用心良苦，她想让我安安心心度过高中这三年，就算考不到一所很好的大学，起码性格上也能稍微地安稳一些。

在进入高中的第一个月月考，我考到了全年级前二十名，这个成绩让我爸妈喜出望外，他们没想到我能这么快就进入状态，初中基本上荒废了，却能够在刚升入高中的时候就打一个翻身仗。我爸尤其高兴，从小到大，他对我的期望其实挺高的，大概因为我是男子汉，我爸又是一个生性传统的人，认为男人就应该从小当自强，这样长大后才能有足够的能力照顾自己，照顾家庭。所以，在我初中的时候，我爸一度对我死心了的，但是，我刚上高中就交给他这么漂亮的一份成绩单，他觉得他对我的希望又回来了。

那个时候，我也觉得自己心里不飘了，想就这样安安稳稳地把高中好好读下来，考一所好大学，让爸妈不像之前那么为我操心。

但是，平静的日子没有过多久，我又“闯祸”了，至今提起那件事情，我还是觉得命运挺奇怪的，总是会选择在我归于平静的时候，给我一些坑洼，让我趔趄，抑或让我摔倒。当时学校有一次歌唱比赛，班主任知道我会弹钢琴，会唱歌，就让我负责组织班上同学合唱的事情。老师信任我，我自然要把事情做好。所以，我每天都会和同学一起去一个排练的空教室彩排。有一天，我们正准备开始排练的时候，几个高三的学长走进来，说他们班要先用这个教室，让我们等等再用。

当时，如果他们能够态度好一些的话，大概也就没有了后面的故事，但那几个学长用一副很挑衅的嚣张态度，几乎是不容置疑的口吻把我们赶了出去。当时我心里很不舒服，觉得他们这样做很没道理，但是也不想把事情闹僵，只是和带头的那几个学长戗了几句，就和班上同学离开了。

没想到这件事情被越闹越大，那几个高三的学长回去之后添油加醋地和自己班上的同学说高一有一个叫宁桓宇的小子特别嚣张，因为我们占了他们班的排练场地，他扬言要打我们班的人。事实就这样被越传越不实，我在毫不知情的情况下，被传言塑造成了最先挑起事端的那个人。

青春期的孩子，总是容易冲动，在那几个学长的“解说”下，他们整个班的同学都要来揍我，灭我的嚣张气焰。得知消息之后，我特别生气，觉得自己被无中生有地中伤，还要莫名其妙地挨顿揍，我肯定不干，便和之前上初中时玩儿得还算比较好的一个社会上的朋友说了这件事，当时那个朋友说他帮我摆平，我就没多想。

没想到那个社会上的朋友叫了好多人来给我助阵，这下子就算不想打架也必须得打了，热血一冲上头，就什么也顾不上了，更何况那时候自己心里本来就觉得委屈。打架过后，我没有当即回家，没想到那几个学长当中一个人找到了我家里，指着自己头上的伤，说是我打的，要我爸妈赔偿他的医药费。

那个学长的妈妈是一个很厉害的女人，说了很多难听的话，我爸妈不清楚实际的情况，只是以为我又回到了初中那个状态，赶忙道歉赔礼，还赔了很多钱，我记得有好几千块。我后来还被学校给了一个留校察看的处分，而那个带头的学长却只给了一个小小的记过。我去找校长理论，我把情况一五一十地给他讲清楚，我说这样处分不公平，明明事情是他先挑起来的，为什么记大过的人是我，如果一定要给这么重的处分，那就两个人都一样，这样我也认了。

校长当时和我说了很多话，当时觉得莫名可笑，现在再想起来，已经能够明白那个学长的家庭算是当地比较有背景的，校长不愿开罪他们，可是这件事情闹得这么大，又必须有人担责任，所以我就成了那个承担最大责任的人。

这件事情当时给我心理上的打击还是挺大的，主要还是觉得不公平，事情明明不是他们说的那样，但是没有人愿意相信我。心里特别沮丧，也很愤怒，但是不知道该怪谁，父母因为我的事情已经焦头烂额了，到处求情、托关系，生怕我被学校开除了，前途尽毁。但那时候我已经不在乎这些了，一心只是陷在那个不公平的记过事件里，特别不想再踏进学校一步，不想看到学校里的人。

但，当时发生了一件事情让我特别感动，我们班同学联名写了一封为我求情的信给学校，他们都知道当时的事情真相是什么，也知道我是为了什么和那个学长吵架的，他们希望学校能收回对我的留校察看处分。虽然最后，学校的决定依然没有改变，但是，这件事情每一次想起，都让我心里觉得特别温暖。

后来，在我妈妈去世后，举办告别仪式那天，我看到大厅里突然多出来二十几个陌生又面熟的人，想了半天，终于认出是我的高一同学，他们知道了我妈妈的事情，特意在那天赶来送我妈妈最后一程。

这份真实的情意，我觉得是青春留给我最好的礼物。在我离开那所高中之后，我几乎和当时的同学没有了联系，这并不奇怪，人总是会快速地融入到新的圈子里，与身边离得更近的人交往密

切，但是，在那段短短相处的日子里，他们在我的生命里留下了深深的印记，我们都曾在那片青春的天空下，走过迷茫，虽然之后再也没能够有彼此交集的轨迹，但是我们都会成为更好的大人。

这就是我青春故事中，最让我记忆深刻的一个。年少时叛逆冲动，动不动就想要用最直接愚蠢的方式和这个世界抗争，就算被打击得浑身是伤，也不愿意认输，好在身边有伙伴的支持，才不会觉得自己在这个世界那么孤独。

在那时候看不到光亮，也没处寻找方向的时候，因为不懂成人世界的复杂性，而让自己陷入无尽的迷茫之中，给我力量的就是选择站在我身后支持我的人，是他们让我愿意从泥泞的路上迈开脚，走过迷茫。

生活会告诉我们，它原本的意义

二十多岁，不大的年纪，正常来说应该是对未来充满了渴望和憧憬，可是我在二十三岁的时候，就已经开始不断地回忆过去了。大概现实不是我曾经想象的那样吧，总会想着不要长大该多好，还停留在高中时的青春期该多好，开始不停地怀旧，想念早已逝去的无影无踪的青春岁月。

沉浸在回忆中，记得上高中的时候，常常在晚自习之后，我和班上几个玩儿得很好的男同学在教室楼下玩儿音乐、表演，每个人都有自己的“独门”演技，夜晚的星空下，几个男生互相打闹，笑声特别大。当时经历的时候，并不觉得有什么稀奇的，觉得不过就是那样，打打闹闹，过一天是一天。

只是现在回忆起来，才觉得几年前的自己还有过那么一段无忧无虑的岁月，那些点点滴滴的小事，在我的回忆中，就像被放大的老照片，一张一张定格在黑板上。当然，我也知道怀念并不能改变自己的现状，怀念只不过是一种情怀，支撑自己继续前行的，永远是当下的力量。但是偶尔回头看一看，想一想，我会更加珍惜眼前的一切，我的生活，我的工作，我的亲人，我的朋友，还有身边所有关心我的人。我认为回忆是一本教科书，不知不觉地教会我们怎样成长。

有人说艺术家注定是孤独的。我挺认可这句话的，每当自己作曲陷入瓶颈的时候，就特别孤独，但是当自己写出满意的作品时，心里也一样没办法被填满，每一年，我的心态都在发生着变化。在刚进入大学的时候，我觉得自己就是一个孩子，只要快乐地过好每一天，学好专业，这就够了。等参加了《快乐男声》的比赛之后，我想自己既然走到了这一步，就不能对不起这个机会，一定要好好在音乐这条道路上发展，一定要出人头地，才算是能对得起自己。

随之而来的妈妈的病倒，让我的生活彻底颠覆了，在那段时间里，我甚至都不会去思考，每天只是麻木地计算这个月应该赚多少钱才能够填补生活经济的空缺。在妈妈离开这个世界之后，我真是彻底放弃了自己，别说生活了，连活着都觉得没有坚持下去的动力了，那段时间特别颓废。

我不知道生活的意义是什么，我觉得自己的生活一点意义都没有，每天特别没劲，自己之前定下的目标看起来都没办法实现，自己列出的计划也都一个接一个地延后，自己当时就很怀念高中时候的那段时期，那个时候的精神状态，是我觉得我二十年人生中，最专注、最饱满的时候。

我那时候有一个本子，里面记录了我高中生活的点点滴滴，我在那个本子第一页上面写的一句话就是:“我会让你们看到一个不一样的我。”那时候之所以会为自己准备这样一个本子，然后在本子上写这么一句热血励志的话，主要还是因为那个时候的我，有些自卑。

我刚到音乐附中上学的时候，属于插班生，到附中前，我没有经过任何的专业训练，班上的同学都很优秀，我觉得如果我不努力，不刻苦,只会被大家甩得越来越远。我是一个特别爱跟自己较劲的人，不想也不愿意自己成为落在别人身后的人，我想要超过班上的同学，想要证明自己，所以，我只要有时间，就全部用在专业练习上，基本一天都泡在琴房，从早到晚。我当时觉得自己不是在上学，而是在打一场仗，我必须把自己的专业水平很快提高起来。

当时，蔡老师一直辅导我，特别耐心地一个字、一个字地纠正我，在我身上下的功夫特别多，几乎每天都会在琴房教我应该怎么吐字，怎么发音。我常常会因为口音的问题，许多字都发不好音，但是我自己又浑然不觉，蔡老师就一遍一遍地给我示范，但当时我还觉得蔡老师发的音，和我发的音没什么区别。

就这样缓慢又坚持地学习唱歌，也是因为自己太爱唱歌了，所以当时虽然吃了很多苦，但自己都不觉得有什么苦的，反倒每天乐在其中，只要能让我唱歌，我就觉得特别开心。我一门心思扑在专业课的提高上，我当时的学习态度也让蔡老师很满意，因为在我刚进入川音附中的时候，他对我还有一点小小的担忧。

川音附中不比我之前所就读的高中，艺术类院校更加浮华，每个进入里面的学生都是光鲜亮丽的，大家一方面比专业课的成绩，一方面也会在其他方面比较，而我又是那么好面子的人，蔡老师担心我在川音附中待久了，虚荣心会再次被激发出来，又开始和同学比较起来。

但是，我到了川音附中真的就像变了一个人似的，之前的坏毛病都改掉了，每天唯一的念头就是练好专业，我想大概是在那个时候，我才真正知道自己喜欢做什么，才意识到自己想要往哪个方向去努力。所以，我常常劝一些说工作不顺心、干得不开心的朋友，我说只要你喜欢的工作，就算过程有多艰难，你也不会想到放弃，因为你是充满真心地去热爱这份工作的，是想当成自己的事业来做的，但是如果你不爱这份工作，那你自然就没办法把全身心投入到工作中去。

有一次快期末考试了，但是，我考试的歌还没有练好，那没办法，只有每天加大强度去唱，结果事与愿违，越练习，状态越糟糕，嗓子越差，当时我特别难受，整个人像随时要崩溃了似的。而且感觉老师似乎也放弃了自己，总是给别的同学训练，不再理我，当时心里很难受，觉得自己真的太笨了。

其实，当时我就是压力太大了，自己给自己施加压力，蔡老师看到我这个样子，就想帮我渡过这个难关。他趁我不注意的时候，在我那个本子上给我写了一段话鼓励我，希望我从失望中挺过来："坚持自己对音乐的追求。爱你的蔡。"

直到看到那段话，我才知道蔡老师一直都是在为我考虑，他不想给我添加更多的压力，他是希望我能够轻松过关。当时自己特别感动，又充满了动力。

那个本子就像是我青春的缩影一样，打开那个本子一页一页地看，会发现自己每一天都在进步。其实那个时候，我就已经明白了生活的意义，只要认真过好每一天的光阴，这就是生活原本的意义。

只是在不知不觉中，我慢慢淡忘了，我曾经以为的很复杂的生活，其实就是找到属于自己的生活方式，然后安心度过每一天。

不如，我们一起出发

不知不觉，写了这么多，把自己从出生到现在的，几乎所有事情都如实交代了一遍。第一次出书，经验不足，实力有限，还希望大家多多包涵，我只能说一句亲身经历，如假包换，若有雷同，纯属巧合。如果我的故事能够引起你的共鸣，或者其中的一些文字能够让你觉得成长也不是一件那么辛苦的事情，那么就足够了。

我们大多数人都在不停地寻找着自己脚下的道路，常常会因为摔得鼻青脸肿而不断地怀疑自己。我就是这样的，从小到大，一直在不断的自我肯定与自我否定中度过，因为钢琴弹得好，被别人夸奖，就觉得自己很自信，可是因为穿着打扮上的原因被同学笑，就立刻觉得自己很low。这一路上，一点点小事情都会触发我心里一直藏着的那点小小的自卑心理。其实一直到现在，我觉得自己依然是个不够自信的人，但是我觉得自己比之前进步了的一点是，我不会再像从前那样，那么强烈地在意别人的目光和对我的看法了，我会更清晰地知道应该怎么走，应该做什么样的人。

每年快结束的时候，我都有总结的习惯，会想一想自己这一年都做了什么，没做到什么，再规划一下新的一年准备做什么，要实现什么目标。那么，这本书大概就算是我为自己之前二十三年的人生做的一个总结。

经历了初中时候的叛逆期，进入高中时期的时候，开始懂得了梦想的重要性，一路追逐，走到了今天，其间看过的事情太多，走过的道路也太长，总是想走得再快一些，可是却总是被摔倒在地，也不止一次地和自己说不如放弃吧，可是又都咬着牙坚持了下来。我知道自己不是什么天才，并没有什么惊世骇俗的才华可以让我有所仰仗，我所能依靠的就是自己对于梦想的热爱和对于未来的坚持。

能做自己喜欢的事情，就是我觉得最好的人生。而我现在正在做着自己喜欢做的事情，所以我正在度过我人生中美好的一段旅程。以前的我，不是很明白，怎么淡然地面对人生的每一个阶段，每一段人生旅程，都有不同的风景，重要的不是风景的好坏，而是看风景的人，是怀揣着怎样的一种心情和态度。

初中时，我总是不愿意和爸妈心平气和地交谈，总是说不到三句话就吵起来，一言不合我就摔门跑了，觉得爸妈都不理解我，可是，我那时候又何尝体谅过他们？总听人说，真正能够理解父母的心，只有自己做了父母才能够完全明白。在妈妈去世之后，我常常后悔，想到很多事情都会后悔，后悔当初自己为什么会那么做，为什么会那么伤父母的心，可是世界上没有卖后悔药的，我只能告诉大家，在还有机会的时候，一定好好珍惜和亲人的感情，因为当有一天你忽然懂得了，想要去弥补，却会发现根本无从下手。

时间总是很残酷的东西，会让我们不知不觉间失去很多。初中的时候，总是想着要自由，要没人管束。记得那个时候，有一天，我不知道因为什么鸡毛蒜皮的小事情，又和父母吵了一架，然后一个人跑到学校操场上生闷气。当时和我玩得比较好的一个男生陪我，眼看天快黑了，那个男生劝我回家。我生气地说打死也不回去，今天就要在外面过夜。

那个男生看劝不动我，就说自己要回家了。我拦着他，想让他陪我一起待着，陪我一起离家出走。

那个男生面露难色，用特别不好办的口气说："可是我前几天才和我家里人和好了，我爸妈现在对我挺好的，我突然不回家不好吧？"

我不管，就是要让他陪我一起离家出走。青春期男生的心理也很奇怪的，在家里人面前张牙舞爪的，可是在好朋友面前却总是很轻易就流露出自己软弱的一面，当时我和家里人也没有什么根本的实质矛盾，无非就是自己做错了什么事情，被爸妈说了几句，便觉得自己的自尊心受不了。

其实，现在想想，真的没什么大不了的矛盾，可是在当时的自己看来，简直是受了天大的委屈。心里好像也带着一种报复性的快感，觉得以前被爸妈管得那么严，现在他们没办法管自己，自己可以挣脱他们的管束，心里觉得特别爽。一点也没有想过自己不回家，爸妈该有多焦急，在满世界找我的时候，内心承受着多大的煎熬。

在操场上混到天黑之后，那个男生还在为如何找到一个离家出走的理由发愁。十几岁出头的男孩子，还不是很能够分辨是非，只是单纯地觉得好哥们需要自己，那自己就一定要陪着。我现在想起那个场景，还觉得很好笑，男生挠着头，一脸苦恼相："可是我没理由离家出走啊——"

后来，我们两个一起回到他家楼下，男生让我在楼下等着，他跑上楼，没过几分钟，我就听到从他家窗户里传出了他和他妈妈吵架的声音，然后没一会儿，这个男生就匆匆跑下楼，说回家随便

找了个借口，和妈妈吵了几句，这才跑出来。想想也挺可笑，就是为了和好哥们一起混,就不惜伤父母的心。可是那个时候的我们，就是那么不懂事地自以为是，明明做错了，还梗着脖子死不认错。

不过，没关系，你欠了生活什么，生活最终会以别的方式跟你要回来。

正是因为这几年看过太多各色各样的人，各色各样的事，当我置身其中，我明白世界这么大，并不只是我一个人在蹉跎。我开始慢慢地不再那么和自己较劲，不再和这个社会较劲，心里没有了那么多的委屈和不满，整个人反而更加放松起来，我不会再去介意别人是否接受我的观点和认知，也不会去计较别人在一些事情上对我不真实的看法。

走了这么远，终于明白了什么是做自己。

我记得有一次在南京商演，抵达南京的时候已经很晚了，但我还是坚持试音，一直弄到凌晨两点钟。虽然很累，但还是想要把准备工作做到最充分，因为在前一天的时候，演出时就出了一点小问题，由于当时的时间很紧迫，调音没有试到最好，最后在我上台之后，钢琴的收音出了一点问题，在我唱到第三首歌的时候，对自己的表现不是很满意。所以，下场之后，我就和经纪人说下一场演出一定要试音。经纪人和我说试音的话就会弄到很晚。我说那没有关系，只要能保证最后效果百分之百完美就好。

不论是一场演唱会，还是一场商演，对我来说都是一次追逐梦想的机会，都是一次回馈歌迷的机会。首先我觉得将每一场演出做到最好，是对自己负责，因为我很珍惜每一次的演出机会；其次是对歌迷负责，因为他们是从全国各个地方赶来看我，如果我不将自己的表演发挥到百分之百完美的话，我会打心里觉得很对不住他们，也会觉得对不起自己，自己明明可以做到更好，却没有去努力，这会让我心里懊恼好一阵子。

在网上无意中看到了一句话，我很喜欢，一段时间一直当作自己的座右铭："梦想，可以天花乱坠；理想，是我们一步一个脚印踩出来的坎坷道路。"我越来越明白梦想的距离与理想的分量，我知道如果自己想要真正实现理想、抵达梦想的话，就要一步一步从原地走出去，开始朝着自己想去的地方出发。

陈坤哥在一篇文章中写的一段话让我很有感触："内心境界在山上的人，不会认为自己在山上，更不会用所谓的高姿态去俯视众生，他们更谦卑，更懂得低入尘埃，更有温度，更富有关怀与同理心。生命的意义，究其本真在于漫长道路中的内心修行。所有结伴同行中，意念良善的'对视'则是灯火，有灯火处就有力量。人与自然、人与人、人与自己内心，莫不如此。"

我们总是要习惯独自去经受人生，承受压力的过程，梦想在遥远的前方，追逐的路上注定孤独，无所依靠。在我们前行的途中，我们每个人的肩膀上都背负着自己必须背负的责任，无可抱怨，也无须抱怨。前方有荆棘，就用自己的力量去走出一条属于自己的道路来，纵然被尖锐的刺划伤，也要忍受所有的痛楚。

因为你的人生需要你自己去负责一切。我常常在心里告诉自己：“为了未来去努力吧，就算没有一个人支持你，你也要自己给自己加油。”

不如，我们一起出发吧！从现在，从此地，不论我们之前有多少借口，有多少理由让我们停滞，但此刻，我们冲破一切，出发吧！

后记　世界予痛，我一一笑纳

夜已经很静了，桌上的水杯里，刚才还摸着烫手的开水已经没有腾起的热气，这个夏天，很快就要结束了。

这段时间，辗转于全国各个城市的机场，奔忙在各个工作之中，常常一觉醒来，浑然忘却自己身处何地，睡眠严重不足。想起三年前的这个时候，那个闷热悸动的夏天，那个改变了我人生轨迹的季节，心里会有些怀念。那个时候年少天真，热血无畏地游走在这个世界上，天地无所畏惧的姿态，感觉可以抵御一切刀剑风霜。

年少轻狂，全身长满棱角，觉得自己身披铠甲，可以刀枪不入，所以勇敢无敌，去做一切自己喜欢的想要尝试的事情。

2013 年 6 月，我以四川省音乐学院专业成绩全国第一的头衔，登上了《快乐男声》的舞台，那一年，我十九岁。三个月后，我从籍籍无名的一名普通大学生，变成了一名新晋艺人，微博粉丝每天增长的速度，让我心里都有些小忐忑，那串不断增加的数字，似乎代表了我正在和过去的自己渐行渐远。

成为艺人、歌手，是我从没想到过会发生的事情，我只是自己喜欢唱歌，然后喜欢写歌，但并没有想过要出名，要红。我读大学的时候，梦想是成为一个艺术家，个性十足，张扬恣意地活着，不愿对生活和现实低头。

但是，歌手和艺人的身份不允许我不管不顾地玩儿自己的个性，所以，在《快乐男声》的比赛结束之后，一直到今天，我其实都在不断地调节,关于如何在“纯粹”和“世故”间取得一个平衡，我开始逐渐脱下身上的盔甲，尽量让自己变得柔软一些，和这个世界多一些温和的接触。

我想这大概就是生命交给我的使命，是我在成长过程中不得不去面对和解决的一道必答题。

就像《马男波杰克》里说的那样:“我不知道我是否相信，真正持久的快乐，电视剧和电影里，那些生动活泼、幸福美满的人，他们应该不存在的，不会有人能够永远快乐的，我需要重视的是生活中的那些小事。”

童话故事中，总是会以一个 happy ending 结束，但在真实的生活中，我知道这根本不存在。从十九岁那个落满鲜花和掌声的夏天开始，我的人生就结束了之前所有的安稳和平顺，像坐上了过山车，开心和悲伤，痛苦与欢乐，得到和失去，就像六月天突然而降的大颗粒冰雹，毫不客气地砸到我身上，而我站在空旷无垠的荒野，躲无可躲，只能闭眼硬撑。

我记得我妈妈和我说过一句话，她说人生就是一条抛物线，你有低的时候，也有高的时候，当你觉得自己站在高处的时候，就一定要意识到你马上要到低的地方了。

我当时考上大学的时候，我觉得自己站得高了，然后我参加了比赛，我又在一路走高，但是，从我比赛被淘汰的那一天开始，我就意识到自己开始从高点向低处跌落了，一直到现在，我想应该是跌到了最低点，因为我知道自己正在越变越好，无论是工作还是生活，都在好转。

人在低点的时候，其实内心反倒安宁。我抬头仰望，往事一幕幕，如同电影闪回，从我脑中划过，我觉得自己经历的这一切都是人生，无论好坏，对我而言，都是自己内心的一笔宝贵财富。

所以，没有什么可害怕、丧气的，没有什么是不会失去的，也没有什么是必须属于自己的，人生不会和你商量，这样东西，你这么喜欢，就要给你留着，不会这样的。有的时候，打击接二连三，让你觉得世界昏暗，四处找不到出口，其实没必要心存芥蒂，因为当好事降临的时候，也是一而再、再而三的。

曾经，我觉得生活面目可憎，握紧拳头，可是却无从下手。

曾经，我痛恨命运不公平，心里咒骂一万遍，为什么那些坏事偏偏要落在我头上。

现在，我回头再看过去这三年时光，感觉就像是一场漫长而真实实青春梦境，那么近，又那么远。

不管怎么说，面对那些突然来临的“意外”，我无力改变，也不愿妥协，便选择一一笑纳。我愿意担起生活给予我的一切痛，我想我最终会在经历了无数次的磨砺之后，成为更好的自己。

出版这本书，就是想记录下这些年，这些日子，我的生活和工作。我想告诉自己，也告诉喜欢我的人，我们每一个人都会面对生活的难与苦，我们会在其中挣扎、无助、不甘心、不服气，所以，我们更要相信未来，更要坚韧、勇敢起来。

我现在已经不怕偶尔的挫折和失败，因为我知道前路漫长，一时的无力，并不算什么，一步一步，只要坚持下去，就算走得不如别人快，但每一个脚印都会深深刻在心里，是很幸福的感觉。

我是宁桓宇，承蒙喜欢，愿我们在寒冷中照亮彼此，点燃自己手中的微光，一直走向幸福的方向。

推　荐

桓桓是个好孩子。

第一次见到他的时候是我们要一起去纽约外拍。他是个有礼貌又懂事的孩子，而且是个很有责任心的孩子，我记得导演交代要有一个我们自行发挥的在飞机上的自拍部分，他真的就烦了我快一个小时，其中包括 GoPro 怎么用，我够不够帅。他，是他够不够帅。嗯。

在北京有时间的时候都会呼叫桓桓，他也是个特别拼的孩子。去年我在做香蕉打卡的时候有叫朋友们一起陪我健身瘦身，也把他叫过来跟我一起玩，看到他的时候真是感觉他的腹肌不锐化很有轮廓的样子真××帅，他突然就瘦了很多。男人就是要经历一些事的，那样才会成熟有底蕴压得住，让自己不舒服才能让自己舒服，显然他比我更懂得从怎么让自己不舒服，再让自己舒服，到大家都很舒服地爱着这个舒服的他。

他又是个特别爱音乐的人。有一次无意中在星洲老师的录音棚里聊好玩的事，听到了他对于音乐的创意，真是一个脑袋里装着游乐场的孩子，爱玩的孩子运气都不会太差，喜欢一个人才会更加喜欢一个人的音乐，这个孩子值得大家去喜欢。他有很多的努力，一个可以管理自己身体的人，本来就可以做很多事，这就是我喜欢的桓桓，大家也要更爱他。谢谢大家。

——《快乐大本营》主持人　杜海涛

抛开这人的处女座特质不说，每次跟他聊起什么总是能听到很有意思的观点。

对音乐的执着不用多说，我也是从他这里听到“养梦”这个词。所以你看，任何事情的结果都取决于如何看待，他大概总是有认清事物本质的本事。

他把“成长”这两个字貌似书写得很艰辛，却也让自己在生活的洪流里找到了平衡。

好吧，这是我的主观看法。他这个人，有多敏感，多大条，多聪明，多痴迷，多坚定，多摇摆，大概还要你们自己去他的文字里感受。

——歌手　张碧晨

字里行间感受着你的成长蝶变，也感动于这份可贵的踏实、勇敢。从你比赛时帮帮唱的第一次合作，到此刻你自信满满地站在大家面前,师姐由衷为你感到开心。在这本书里我看到了真实的你、幽默的你、坚持梦想的你……愿你的每一份努力都闪闪发光，也愿每一个有音乐梦想的人都能找到自己内心的方向。

——歌手　郁可唯

“嘿，你在哭啥子……你又在哭……男娃儿流那么多眼泪搞啥子！”

记得那个时候老是说你爱哭，现在的你还是那样。这三年，你流的泪越来越少，说的话似乎也随之变少了，而且我们因为一些工作或者生活上的原因，感觉离对方越来越远……

从之前听到你我的歌声还能互相调侃几句，每天早上起床你嫌弃我吵，晚上我说你闹，到后面只有在微信里面唱几句，视频里面说几句，节目里面搭几次肩。

但是我觉得这也是我们之间互相努力的一个距离，越努力越近，越近越努力。

时间总是在不知不觉间改变我们，磨掉我们的梦的色彩，磨掉我们对世界反抗的棱角。

愿时间的流逝冲不走我们最初的样子。

——你的兄弟：阿白（白举纲，2013 年快男）

宁桓宇，脆弱，敏感，是个十足的爱哭鬼，

也是唯一一个曾经依偎在我怀里哭过的男人。

他爱开玩笑，喜欢调侃摩羯闷骚的我。

我也因此被他赐予了“舅舅”的称号。

他会对着火锅打喷嚏。

常人会说：抱歉，不好意思。

他会说：嫌弃我！你到底是不是兄弟？

诸如此类的故事，有很多。

但这本书，

记录了他出道以来的成长、迷茫，

很多你不知道的他脆弱的一面。

或许，他不够完美；

但，他足够真实。

或许，他不够坚强；

但，他足够真诚。

感谢翻开这本书的每一个你，

每个愿意陪他度过艰难岁月的你。

成长很残忍，

但还好，我们都活成了自己想要的样子。

翻开这本书的你，

一定也配得上这世界所有的美好。

——于湉（2013 年快男）

小时候哭着哭着就笑了，总会有五颜六色的糖果，长大后笑着笑着就哭了，才发现言语也表达不了什么。进不去的城池，回不去的样子。在这个地方写下一段故事。楚楚心痛的相思和依然如故的样子，与谁为敌不是一件认真的事。让我们忠于理想，与现实为敌。

——贾盛强（2013 年快男）

没有惊天动地，亦非骇世英雄。一个对抗细微琐碎的生活挑衅时坚毅不屈的男人，心疼又让人感到爱和温暖。

——饶威（2013 年快男）

好像他每次出现都是天晴
当然，并不是因为北京不怎么下雨
只是有他在的地方都不会冷场
所以，他的故事或许会让你感伤
他是我的好朋友宁桓宇
一个用尽所有热情去拥抱世界的人
虽然是个处女座，但……嗯……
即使哭，也是拼命跑着

因为他相信，总会遇见倾听他的……你

——左立（2013 年快男）

时间是把尺子，丈量着人生的距离。经历是尺子的刻度，不管好的坏的，它让人生更加完整。2013—2017 年，从初见你时紧张焦躁的初生牛犊，到如今成熟内敛的豁然开朗。人生的刻度经历了多少，都在这本书里。也许你们的人生才只是刚刚开始，但愿回望这过往的，都能给你和感同身受的年轻人抬头走的勇气和动力。心有多宽，路有多宽……

——闻震（知名音乐制作人，天娱传媒总监）

依稀记得几年前看快男的比赛，有一个干净的男生坐在钢琴边，带着小骄傲，这是我透过屏幕第一次知道宁桓宇。后来一次录制节目遇见，阳光又带点害羞，这是我第一次见到屏幕下的桓桓。成为朋友之后我们有时会一起吃饭、聊天，他说话时总会大眼睛盯着你，手舞足蹈，就如你生活中会见到的邻家大男孩——那个有时会抱着篮球从你身边走过、会背着双肩包迎着风骑着单车的大男孩，想想那个画面就很美对不对。我想说，这份单纯，更可贵。

生活中总有些猝不及防的失去，那段时间很难熬，类似的经历让我理解那种撕裂、那份缺失，无论过了多久依旧难以填满，除了心疼还是心疼。我说：你想哭就哭出来。可他在学着坚强学着接受学着成熟学着隐忍。好在，他懂忘记是为了深刻地记忆。好在，他温暖依旧，仍是此间少年。

很多时候，我们惶恐的是“变化”：新的环境、陌生的境遇。还好，他接受变化、承认变化，最后能够在变化中得到自在从容。喜欢桓桓对音乐的态度，更喜欢他对生活有自己的腔调，无论身陷何境也留一种纯粹，无论拥有和失去，始终“自己”还在。愿我们都还能继续单纯，最后从容。

对了，桓，记得之前你说过，你的下一支 MV 要请我当女主角，我已经从小姐姐等成了阿姨，请问这个承诺什么时候兑现？

——刘语熙（前央视 CCTV5 体育频道主持人）

一直在想，像宁桓宇这样的孩子，才华横溢、青春无敌，一定是在蜜罐中长大的，成名后又有粉丝的爱！一切可能都是蓝天白云，但是我们往往看到的都是表象，他所经历的也有泪水！但上天不会辜负任何一个人！当你走过，回头一望，那条路上开满了花朵！就像泰戈尔说过的话：“谁说是命运驱策我前进啊，那是我自己在背后推着我大踏步向前走。”

——任鲁豫（中央电视台主持人）